금붕어 입술

인지

금붕어 입술

1판 1쇄 인쇄 2018년 6월 15일
1판 1쇄 발행 2018년 6월 25일

발행처 도서출판 문장
발행인 이은숙

등록번호 제2015-000023호
등록일 1977년 10월 24일

서울시 강북구 덕릉로 14(수유동)
전화 02-929-9495
팩스 02-929-9496

ISBN 978-89-7507-079-2

문장 시인선 007

달빛 입술

강만수 시집

도서
출판 **문장**

딱딱하게 굳어지는 생각을 막기 위해 노력했다.
그런 연유로 끝없이 내 言語를 부정해야만 했다.

2018년 봄 여산제에서
강 만 수

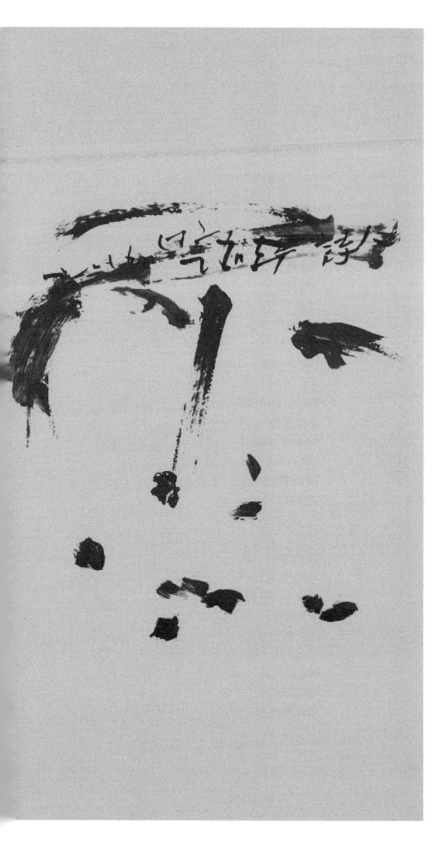

▶ 차례

2부

3부

4부

5부

산

아는 척 여산
모르는 척 안산

나는 여산 간다
너는 안산행이다

네가 안산 갈 때
나는 여산 간다

여산에 가고 있다
너도 가고 있다

안산을 향해

기하학

어느 날 갑자기 사라진 냉장고가 나를 찾아왔다
어느 날 갑자기 사라진 은갈치가 나를 찾아왔다
어느 날 갑자기 사라진
세네갈이 나를 찾아왔다
어느 날 갑자기 사라진 목욕탕이 나를 찾아왔다
어느 날 갑자기 사라진 들국화가 나를 찾아왔다
어느 날 갑자기 사라진
주작대로가 나를 찾아왔다
어느 날 갑자기 사라진 곰 인형이 나를 찾아왔다
어느 날 갑자기 사라진
는개 다방이 나를 찾아왔다
어느 날 갑자기 사라진 혼잣말이 나를 찾아왔다
어는 날 갑자기 사라진 희망 곡이 나를 찾아왔다
어느 날 갑자기 사라진
34층 빌딩이 나를 찾아왔다
어느 날 갑자기 사라진 기하학이 나를 찾아왔다
냉장고와 은갈치 세네갈과 목욕탕 들국화와 주작대로
곰 인형과 는개 다방 혼잣말과 희망 곡 34층 빌딩과 기하학 등이
나를 찾아왔다 그것들은 내가 지겹지도 않은 걸까
나는 알 수 없다 그들 사이에 낀 까닭을 전혀 알 수 없다
그들은 나로부터 유예 된 까닭에 모를 수밖에 없었다.

코발트블루

콧물이 줄줄 흘러내리는 어느 수요일 아침에
눈물이 줄줄 흘러내리는 어느 목요일 점심에
바로 튀어나오지 못하는 녹색콧물을 불러냈다
바로 튀어나오지 못하는 청색눈물도 불러냈다
어느 날이 어느 날인지 기억나지 않는 어느 날
수요일이 수요일인지 아닌지 확실하지 않은 녹색수요일에
어느 날이 어느 날인지 기억나지 않는 어느 날
목요일이 목요일인지 아닌지 확실하지 않은 청색목요일에
어느 날이 어느 날인지 기억나지 않는 어느 날
콧물이 콧물인지 아닌지 확실하지 않은 녹색콧물로 인해
어느 날이 어느 날인지 기억나지 않는 어느 날
눈물이 눈물인지 아닌지 확실하지 않은 청색눈물로 인해
어느 날이 어느 날인지 기억나지 않는 어느 날
아침에 아침시간인지 아닌지 확실하지 않은 녹색아침으로 인해
어느 날이 어느 날인지 기억나지 않는 어느 날
점심 때 점심시간인지 아닌지 확실하지 않은 청색점심으로 인해
두렵다 불안하다 두렵지 않다 불안하지 않다
그래 그렇다 가끔은 불안하다 지금은 전혀 불안하지 않다
녹색과 청색이 마구 뒤섞인 삶의 시간은 그런 것 같다

文章

문장이 보였다 文章이 보이지 않았다
문장이 오므린 발가락처럼 보였다
文章이 보였다 문장이 보이지 않았다
문장이 오므린 손가락처럼 보였다
30분 전 짧은 문장에 대해 생각했다
50분 전 긴 文章에 대해 사유했다
조금 전 본 발가락에 대해
오래 전 본 손가락에 대해서도
문장에 눈길을 떼지 못한 채 들여다봤고
문장에 눈길을 뗀 채로 문장을 생각해봤다
나는 文章에 대해 기억하지 못한다
나는 문장에 대해 적절히 할 말이 없다
나는 발가락에 대해 기억하지 못하고
나는 손가락에 대해 할 말이 없다
문장 앞 文章 뒤 문장 옆 文章 건너
문장은 어느 곳에서 왔다
일순간 어디로 사라진 걸까
문장 건너건너 文章을 휙 건너 뛰어
내게 없는 현기증 같은 문장에 대해
어느 날 몽상가처럼 말했다
내 마음을 대신 할 수 있는 文章은 어디에 있는 걸까
나는 네게서 봤다 빛나는 문장을

자판기

누군가 자판기 안에 은밀히 숨어있다
자판기 안에 있다 너는 캔 커피를 밀어냈다
자판기 안에 있다 너는 사이다를 밀어냈다
자판기 안에 있다 너는 환타를 밀어냈다
자판기 안에 있다 너는 콜라를 밀어냈다
누군가 자판기 밖에 있다
커피를 자판기 안으로 밀어 넣었다
사이다를 자판기 안으로 밀어 넣었다
환타를 자판기 안으로 밀어 넣었다
콜라를 자판기 안으로 밀어 넣었다
자판기 안에 있다 자판기 밖에 있다
안에 있고 밖에 있는 밖에 있다 안으로 들어간
밀어냈다 다시 밀어 넣었던
캔 커피와 사이다 환타와 콜라
오전 11시에서 오후 4시 사이에 누군가 밀어 넣은 그것들을
나나나 나나나 콧노래를 흥얼거리며 너는 마셨다
마시고 또 마셨다 또 마셨다 여러 음료들을 마셨다
헬리콥터가 뜨고 내리는 공군 헬기장 휴게실에서
커피를 마셨고 사이다에 환타와 코카콜라
귓구멍을 손으로 틀어막은 채 그것들을 번갈아 마셨다
누군가 그 누군가는 음료수를 마시며
차가운 자판기 안에서 혹은 뜨거운 자판기 밖에서
조금 더 자극적인 무언가가 필요했던 것 같다

豫測不許 詩集

1부

「 」「 」「 」「 」「 」「 」
「 」「 」「 」「 」「 」「 」

「 」「 」「 」「 」「 」「 」
「 」「 」「 」「 」「 」「 」

「 」「 」「 」「 」「 」「 」
「 」「 」「 」「 」「 」「 」

35편으로 構成 된 시를 쌓으려 하고 있다

전에 써놓은 시는?

2부

「 」「 」「 」「 」「 」「 」
「 」「 」「 」「 」「 」「 」

「 」「 」「 」「 」「 」「 」
「 」「 」「 」「 」「 」「 」

「　」「　」「　」「　」「　」

「　」「　」「　」「　」「　」

35편으로 짜인 시를 쌓고 있다

현재 쓰고 있는 시는?

3부

「　」「　」「　」「　」「　」

「　」「　」「　」「　」「　」

「　」「　」「　」「　」「　」

「　」「　」「　」「　」「　」

「　」「　」「　」「　」「　」

「　」「　」「　」「　」「　」

35편으로 骨格을 세운 시를 쌓으려고 하지만 언제쯤 實體를
드러내게 될까?

앞으로 쓰게 될 시는?

4부

「　」「　」「　」「　」「　」
「　」「　」「　」「　」「　」

「　」「　」「　」「　」「　」
「　」「　」「　」「　」「　」

「　」「　」「　」「　」「　」
「　」「　」「　」「　」「　」

35편으로 이뤄진 詩를 짓고 있지만 이내 다 지을 수 있을까?

절박함이 배어 있는 시는?

5부

「　」「　」「　」「　」「　」
「　」「　」「　」「　」「　」

「　」「　」「　」「　」「　」
「　」「　」「　」「　」「　」

「　」「　」「　」「　」「　」

「　」「　」「　」「　」「　」

子音과 母音으로 이뤄진 벽돌을 맞춰 각 부 별로 35편의 시로
完成하게 될 시집이
갈 길은 몰라, 그 누구도 모른다.

詩集은 5부로 構成 되어 있다 5부로 나눈 시인의 意圖는 분명하다.
아니 그렇지 않다.
솔직히 말하면 잘 모르겠다. 시인이 보여줄 世界는 어디에 있는
걸까?

이 詩集을 들여다보고 있는 編輯者는 모르겠다. 디자이너도 모른다고
했다. 讀者도 모른다.
詩人이 가려고 하는 저 먼 먼 길을.

시인은 믿을 수 없는 存在다. 으음! 豫測不許다

意圖하지 않았지만 시인의 無意識 속에서 조만간 그리게 될 또 다른
세계는?
가늠해 볼 수도 없다.
하지만 그가 가려고 하는 言語 彫琢의 길을 쫓아가 보자

23

금붕어 입술

사각형 어항 앞에서. 순금 색 금붕어. 꼬리지느러미 움직임과.
튀어나온 눈알을. 이녘이 바라보면. 그대 앞으로. 바로 다가와.
눈알을 치뜨고. 노려보던 눈이 큰 금붕어는. 당신 눈을 툭 친다.
그러다 금색 유금에게. 눈길이 꽂혀. 도드라진 가슴지느러미에.
넋 놓고. 시선을 거두지 못하면. 황금 금붕어는. 네게 사랑한다고.
말을 건네는 것 같다. 가슴을 들이밀고. 말간 눈알을 끔벅거리며.
네 답을. 기다리는 것 같다. 자신의 순정한. 사랑을 받아 줄 건지,
혹 거부할 건지. 하지만 그대는. 여느 때처럼. 얼굴만 매우 붉혔다.
이녘은 붕어에게. 오후쯤에나. 아님 몇 며칠이. 지난 뒤에도 속심을.
바로 드러내지 못해. 어항 앞에. 바짝 서서도. 말을 못해 애태운다.
진주알이 박힌 것 같은. 비늘을 수초 뒤. 감추고 나오지 않고 있는.
진주린과. 또 다른 금붕어들인. 남색 주문금붕어와. 부채꼬리금붕어.
난주가 다가오기 전까지. 당신은 유금에게. 마음을 꼭 전해야 한다.
가슴지느러미로 요염하게. 헤엄치고 있는. 금붕어에게 재게 다가가.
붉은 혓바닥이. 금색 툭눈붕어의. 등지느러미를 빼닮은. 당신께서는.
고백해야만 한다. 입술 또한. 주황색 입술을 닮은. 그대 금붕어에게.

Action(1)

KKKKKK. KKKKKK. KKKKKK.

KKKKK. KKKK.

jjjjjjjjjjjjjjjjjjjjjjjj.jjjjjjjjjjjjjjjjj. jjjjjjjjjjjjjjjj.

jjjjjjjjjjjjjjjjj

eeeeeeeeeeeeeee. eeeeeee. eeeeeeeeeeeee.

//

EEEEEEEEE. EEEEEE. EEEEEE.

EEEEEEEEEE.

ㄸㄸㄸㄸㄸㄸ. ㄸㄸㄸㄸㄸ.ㄸㄸㄸㄸㄸㄸ

,,,

ㅎㅎㅎㅎㅎㅎㅎㅎㅎㅎㅎㅎ

ㅎㅎㅎㅎㅎㅎㅎㅎㅎㅎㅎ

ㄷㄷ ㄷㄷㄷㄷ. ㄷㄷㄷㄷㄷ. ㄷㄷㄷㄷ. ㄷㄷㄷㄷㄷㄷ

MMMMMMMMMMMMMMMMMMMMMMMM

???????????????. ?????????. ???????????. ????????.

mmmmmmmmmmmmmmmmmmmmmmmmmmmm

ㅈㅈㅈㅈㅈ. ㅈㅈㅈㅈ. ㅈㅈㅈㅈㅈ. ㅈㅈㅈㅈㅈㅈ

!!!

ㅗㅗㅗㅗㅗㅗㅗ. ㅗㅗㅗㅗㅗ. ㅗㅗㅗㅗ. ㅗㅗㅗㅗㅗ

....

_____

ㅏㅏㅏㅏㅏ. ㅏㅏㅏㅏㅏ. ㅏㅏㅏㅏㅏ. ㅏㅏㅏㅏㅏㅏ

EEEEEEEEE. EEEEEE. EEEEEE. EEEEEEEEEE

色러드 바

대칭이다 비대칭이다. 무섭다. 무서운 그늘이다. 무섭지 않다.
수평선이 있다. 수평선이 없다. 갈매기가 있다. 갈매기가 없다.
드레스가 있다. 드레스가 없다. 사과가 있다. 늘 사과는 없다.
숨소리가 있다. 숨소리가 없다. 꼭짓점이 있다. 꼭짓점이 없다.
오선지가 있다. 오선지가 없다. 까망단추가 있다. 단추가 없다.
도돌이표가 있다. 도돌이표가 없다. 구름이 있다. 구름이 없다.
잠꼬대가 있다. 잠꼬대가 없다. 물방울이 있다. 물방울이 없다.
문고리가 있다. 문고리가 없다. 혓바닥이 있다. 혓바닥이 없다.
선착장이 있다. 선착장이 없다. 꽃동산이 있다. 꽃동산이 없다.
가위가 있다. 가위가 없다. 생년월일이 있다. 생년월일이 없다.
뱃고동 소리가 없다. 뱃고동 소리 있다. 색이 있다. 색이 없다.
샐러드 바가 있다. 샐러드 바가 없다. 식욕이 있다. 식욕 없다.
정육점이 있다. 정육점이 없다. 남자가 있다. 남자들이 없었다.
하지만 남자는 먹었다. 여자들 붉은 색. 접시에 담아. 먹었다.

妙한 黑猫

7일 전부터 猫는 굴렀다 무슨 이유인지도 모르고
파도가 울렁거리는 바닷가에서
6일 전부터 묘는 굴렀다 무슨 이유인지도 모른 채
불길이 치솟는 이태원 앞에서
5일 전부터 猫는 굴렀다 무슨 이유인지도 모르고
인파가 북적이는 종로 2가에서
4일 전부터 묘는 굴렀다 무슨 이유인지도 모르는 채
손님들이 별로 없는 디오게네스 카페에서
3일 전부터 猫는 굴렀다 무슨 이유인지도 모르고
신촌에서 여대생들을 향해
2일 전부터 猫는 굴렀다 무슨 이유인지도 모른 채
다리를 쳐들고 캉캉 춤을 신나게 추는 댄서 옆에서
1일 전부터 검정 猫는 굴렀다 무슨 이유인지도 모르고 굴렀다
연남동에서 20대 연인들에게 시선을 뺏긴 채
지금도 猫는 굴렀다 구르고 있다 무슨 이유인지도 모르고
고양이는 네 발을 쳐들고 구르고 있다
구르는 것이 삶의 이유요 소명인 것처럼.
야옹 야옹 야 야옹 이 나라에선 구르는 것이 의무인 걸까
젊은 녀석이 고양이와 함께 침대 옆에서 구르는 모습을 바라보다

네 마음속에선 글렀다는 생각에 무거운 돌멩이들이 굴러다니고 있다

System

너는 틀렸다. 나도 틀렸다. 그도 틀렸다고. 생각한다.
나도 틀렸고. 너도 틀렸고. 그도 틀린 까닭으로 인해.
무엇을. 그 어떤 이유로. 변병 아닌. 변명을 한다 해도.
너와. 나와. 그는. 삶의 태도가 달라질 것. 같지가 않다.
변하기 위해. 지금 이 순간부터. 노력한다고 해도 ㅋㅋ.
이 체제에선. 으으 믿음이 전혀 가지 않아. 너는 틀렸다.
나도 틀렸다고. 으 입 안에서 알사탕을 굴리면서. 지금은.
그들 모두가 틀렸다고. 말할 필요조차도. 느끼지 못한다.
이 체계에선. 나는 틀렸다. 그도 틀렸다. 순간순간 틀렸다.
말을 해도 틀렸고. 말을 하지 않아도. 틀렸다고. 틀렸음에.
옳다고. 말할 수가 없다. 제도가 틀렸다. 그래 틀린 까닭에.
나도 틀렸다. 그도 틀렸다. 이 공간에 서 있는. 모두 틀렸다.
변하지 않는. 변할 수 없는. 우리 모두는. 틀렸다고. 단언한다.

구스타프 크림트

대상과 함께 격리감이 있고 신성한 조각들이 서 있는
피투성이 된 얼굴과 그 건너편엔
놀
라
운
염결성이랄까
숨이 멎을 것 같은 황금색 원피스 차림의 여자가 있다
붓을 쥔 그 옆엔 반바지를 입고 있는
근
육
질
사내도 있다
이상하게도 서늘한 그것들이 내게 아름답게 다가온다
그렇다 맞은편엔 빛이 없다
빛
이
없
어
몹시 화가 난 사내
미세한 자극에도 매우 괴로워하는 이가 화실엔 있다
그는 깊은 상실감 뒤 우두커니 서 있다

나도 그렇다

*구스타프 크림트(1862-1918): 오스트리아의 화가 대표작으로 「키스」 외 여러 작품이 있다.

Action(2)

ㆆ ㆆ ㆆ ㆆ ㆆ ㆆ ㆆ ㆆ ㆆ ㆆ ㆆ ㆆ ㆆ ㆆ

ㆆ ㆆ ㆆ ㆆ ㆆ ㆆ ㆆ ㆆ ㆆ ㆆ

ㆆ ㆆ ㆆ ㆆ ㆆ ㆆ ㆆ ㆆ ㆆ ㆆ ㆆ ㆆ ㆆ ㆆ ㆆ

!!!

!!!

ㆆ ㆆ ㆆ ㆆ ㆆ ㆆ ㆆ ㆆ ㆆ

ㆆ ㆆ ㆆ ㆆ ㆆ ㆆ ㆆ ㆆ ㆆ ㆆ ㆆ ㆆ ㆆ

《《《《《《《《《《《《《《《《《《《《《《《《《《《《《《《《《

《《《《《《《《《《《《《《《《《《《《《《《《《《《《《《《《《

ㆆ ㆆ ㆆ ㆆ ㆆ ㆆ ㆆ ㆆ ㆆ ㆆ ㆆ ㆆ ㆆ ㆆ

ㆆ ㆆ ㆆ ㆆ ㆆ ㆆ ㆆ ㆆ ㆆ ㆆ

ㅍ ㅍ ㅍ ㅍ ㅍ ㅍ ㅍ ㅍ ㅍ ㅍ ㅍ ㅍ ㅍ ㅍ

ㅍ ㅍ ㅍ ㅍ ㅍ ㅍ ㅍ ㅍ

ㅍ ㅍ

ㆆ ㆆ ㆆ ㆆ ㆆ ㆆ ㆆ ㆆ ㆆ ㆆ ㆆ ㆆ

ㆆ ㆆ ㆆ ㆆ ㆆ ㆆ ㆆ ㆆ ㆆ ㆆ ㆆ ㆆ

~~~~~~~~~~~~~~~~~~~~~~~~~~~~~~~~~~~~

~~~~~~~~~~~~~~~~~~~~~~~~~~~~~~~~~~~~~

ㅍ ㅍ ㅍ ㅍ ㅍ ㅍ ㅍ ㅍ ㅍ ㅍ ㅍ ㅍ ㅍ ㅍ

ㅍ ㅍ ㅍ ㅍ ㅍ ㅍ ㅍ ㅍ ㅍ ㅍ

ㅍ ㅍ

ㆆ ㆆ ㆆ ㆆ ㆆ ㆆ ㆆ ㆆ ㆆ ㆆ ㆆ ㆆ ㆆ

ㆆ ㆆ ㆆ ㆆ ㆆ ㆆ ㆆ ㆆ ㆆ ㆆ ㆆ

ㆆ ㆆ

에드워드 호퍼

파란 눈알과. 검정 눈알. 사이에서. 나는 기뻤다.
검정 눈알과. 파란 눈알. 사이에서. 너는 슬펐다.
파란 눈알에서. 빛이 빠져 나올 때. 나는 슬펐다.
검정 눈알에서. 빛이 빠져 나올 때. 너는 기뻤다.
파란 눈알과. 검정 눈알 사이로. 기쁨이 다가왔다.
검정 눈알과. 파란 눈알 사이로. 슬픔이 다가왔다.
그곳엔 찰나의 빛이 있고. 슬픔과 기쁨이 서 있다.
슬픔과 기쁨이 지나가는. 그 어떤 순간에 서 있다.
어떨 땐 빈 공간이. 텅. 텅. 텅 .텅. 비어 있다고 할까.
그러다 장면이 바뀌어. 파랗다. 어느 순간 모든 것이.
파랗게 다가왔다. 세상에 보이는 것들은. 파랗다고.
그 와중에 또다시. 장면이 바뀌어. 까맣다. 어느 순간.
까맣게 다가왔다. 세상에 드러난. 모든 사물은 까맣다.
그것들 모두는. 달콤한 초콜릿처럼. 녹아내릴 것 같다.

*에드워드 호퍼(1882-1968) 미국의 화가 대표작으로 「밤샘하는 사람들」 외 여러 작품이 있다.

Action(3)

ㅠ ㅠ ㅠ ㅠ ㅠ ㅠ ㅠ ㅠ ㅠ ㅠ ㅠ ㅠ ㅠ

ㅠ ㅠ ㅠ ㅠ ㅠ ㅠ ㅠ ㅠ ㅠ ㅠ

ㅠ ㅠ

!!!

!!!!!!!!!!!!!!!!!!!!!!!!!!!!!!

ㅠ ㅠ

ㅠ ㅠ

〉〉〉〉〉〉〉〉〉〉〉〉〉〉〉〉〉〉〉〉〉〉〉〉〉〉〉

〉〉〉〉〉〉〉〉〉〉〉〉〉〉〉〉〉〉〉〉〉〉〉〉〉

ㅎ ㅎ ㅎ ㅎ ㅎ ㅎ ㅎ ㅎ ㅎ ㅎ ㅎ ㅎ ㅎ

ㅎ ㅎ ㅎ ㅎ ㅎ ㅎ ㅎ ㅎ ㅎ ㅎ ㅎ ㅎ

!!

ㅎ ㅎ

ㅎ ㅎ

ㅠ ㅠ ㅠ ㅠ ㅠ ㅠ ㅠ ㅠ ㅠ ㅠ ㅠ ㅠ ㅠ

ㅠ ㅠ ㅠ ㅠ ㅠ ㅠ ㅠ ㅠ ㅠ ㅠ ㅠ

!!!

!!

ㅠ ㅠ

ㅠ ㅠ

//

//

ㅎ ㅎ

ㅎ ㅎ

백야

경계에 서 있다
경계 밖에 서 있는 저들도
경
계
안으로 들어와
경계에 서기 위해
경
계
에
서
가느다란
백색
선
과
굵
은
검정 선
사이에 서 있다
내 삶 안과 밖에서 서성이는
어둔 밤이 지나가고 아침이 오는
길목에 서 있는
그들은 경계인이다

Action(4)

ㄱㄱㄱㄱㄱㄱㄱㄱㄱㄱㄱ

ㄱㄱㄱㄱ

ㄱㄱㄱ

!!

ㄱㄱㄱㄱㄱㄱㄱㄱ

ㄱㄱㄱㄱ

//

//

ㄱㄱㄱㄱㄱㄱㄱ

ㅍㅍㅍㅍㅍㅍㅍㅍㅍㅍㅍㅍㅍ

ㅍㅍㅍㅍㅍㅍㅍㅍㅍㅍㅍㅍ

ㄱㄱㄱㄱㄱㄱㄱㄱ

ㄱㄱㄱ

~!~~~~~~~~~~~~~~~~~~~~~~~~~

~!~~~~~~~~~~~~~~~~~~~~~~~~~

ㄱㄱㄱㄱㄱㄱㄱㄱ

ㄱㄱㄱㄱ

ㄱㄱㄱ

!!!

ㄱㄱㄱㄱㄱㄱㄱㄱㄱ

ㄱㄱㄱㄱㄱㄱㄱㄱㄱㄱㄱㄱㄱ

# #

############################

ㄱㄱㄱㄱㄱ

ㄱㄱㄱㄱㄱㄱㄱㄱㄱㄱㄱㄱㄱ

리더

드론 앞에 서 있다 드론 앞에 서 있었다
드론 앞에 서게 된 뒤
하
늘
로
날게 됐다
로봇 앞에 서 있다
로봇 앞에 서 있었다
로
봇
앞에
서게 된 뒤 날아오르게 되었다
신문명 앞에 서 있다
세
상
앞에
늘 서 있었다
그것들 앞에 서게 된 뒤 세상을 선도하게 됐다

고독

혼자 견뎠다
견디고 있다
늘 혼자 지내며
잘 지낼 수 있다고
내게 친구는
나 자신뿐이란
생각이 문득 들었다
오늘은 그렇다
내일도 그럴까
그럴 것이다

假面劍舞

칼을 베고 잠을 자다

쌍수도를 맞부딪치며
타령장단에 맞춰

훌쩍 뛰어 올라
앞으로 찌르고 뒤로 찌르며

꿈속에서 검무를 추었다

연회장에 모인 고관대작들 앞에서
오래 전 지나간 시간을 벴다

술과 음악에 취해 몸을 못 가누는
그곳에 모인 고관대작들 모가지도 함께

Action(5)

ㄷㄷㄷㄷㄷㄷㄷㄷㄷㄷㄷㄷㄷ

ㄷㄷㄷㄷㄷ

ㄷㄷㄷㄷㄷ

#############################

ㄷㄷㄷㄷㄷ

ㄷㄷㄷㄷㄷ

ㄷㄷㄷㄷㄷ

ㄷㄷㄷㄷㄷ

~!~~~~~~~~~~~~~~~~~~~~~~~~

ㅎㅎㅎㅎㅎㅎㅎㅎㅎㅎㅎㅎ

ㅎㅎㅎㅎㅎㅎㅎㅎㅎㅎㅎㅎㅎㅎ

#############################

#############################

ㄷㄷㄷㄷㄷㄷㄷㄷㄷㄷㄷㄷㄷㄷ

ㄷㄷㄷㄷㄷㄷㄷㄷㄷㄷㄷㄷㄷㄷ

~!~~~~~~~~~~~~~~~~~~~~~~~~

ㄷㄷㄷㄷㄷㄷㄷㄷㄷㄷㄷㄷㄷㄷ

ㄱㄱㄱㄱㄱㄱㄱㄱㄱㄱㄱㄱㄱㄱ

ㅍㅍㅍㅍㅍㅍㅍㅍㅍㅍㅍㅍㅍ

ㅍㅍㅍㅍㅍㅍㅍㅍㅍㅍㅍㅍㅍㅍ

ㄷㄷㄷㄷㄷㄷㄷㄷㄷㄷㄷ

#############################

영화감상

영화는 늘 혼자 봤지만. 오늘은 가족과 함께 봤다.
각본도 시원찮고. 배우도 형편없는. 시시한 영화였다.
여배우 눈썹만 생각나는. 남자배우 이마만 떠오르는.
어떤 특별한 장면도. 생각나지 않는. 삼류 영화였다.
졸음을 견디며 바라보다. 졸음을 견딜 수 없었던.
지금은 영화 제목도. 감독 이름도. 기억나지 않는.
오래 전 흘러간. 내 기억 속. 지워진 영화였건만.
주변 사람들은. 그 영화를 명화라고 말한다.
내 상식엔 어이없는. 일이긴 하지만.
지루한. 그 영화에 대해. 그들은 그렇게 평한다.
대사가 좋다고. 여배우 연기력이. 탄탄하다고 한다.
떠올리기 싫은. 그럴 일이 없어. 지웠다고 생각한.
나는 그 영화에 대해. 어떤 말도. 더는 하고 싶지 않다.

뾰족한 지붕

안 보였다 보이지 않았다
보이지 않는 노란 색 기쁨은 어디서

어딘가 깊은 곳에 감춰져 보이지 않는
울컥 치미는 파랑 슬픔은 어디서 오는 걸까

언덕 위 붉은 저 집은 보이지 않는 까닭에
기쁘다 아니 더욱 더 슬프다

그런 연유로 나는 오늘도 그와 함께 슬펐다

그와 함께 느낀 파랗다 파랑 슬픔은
어떤 재료로 이뤄진 걸까

슬픔에 대해 생각하다 기쁨을 응시하기로 했다

그러다 12시에서 15시 사이에
그것들 모두 다 너와 내 곁을 말없이 떠났다

기쁨과 슬픔을 저마다의 가슴속에서 진하게 느끼기도 전에

콜라보레이션

나이키와 프로스펙스.
바이오 디자인과. 자동차
주유소와. 밤거리 사람들.
삼촌과 조카
우유와 커피
수영장과 온실.
콜라병과 앤디 워홀 사이엔. 거리가 있다.
묘한 거리감이 있었다고. 생각한다.
공동작업엔 늘 거리감이 있다. 있었다.

철길 옆의 집

그것들을 그냥 끝낼 수 있다.
끝내자고. 끝을 보기 위해.
끝내주는 빨강과. 파랑. 노랑. 검정.
하양에 들기 위해. 끝을 보자고.
빨강을 빨갛게. 흔들흔들.
파랑을 파랗게. 흔들흔들. 노랑을 흔들다.
검정을 까맣게. 흔들흔들.
하양을 하얗게. 흔들흔들. 흔들자 흔든다.
기차가 지나다닐 때 집이 흔들린다.
흔들 수 있는. 순간을 맞이하기 위해.
흔들고 있다. 흔들자. 흔든다. 마구 흔들자.
흔들흔들 흔들어 나가자. 끝내기 위해.
빨강 혼을 흔들고. 파랑 혼을 흔들고.
노랑 혼을 흔들고. 검정 혼을.
마구 쉼 없이 흔들다. 하양 혼을 흔들자.
빨강을 위해 흔들고. 파랑을 위해 흔들고.
노랑을 위해 흔들고. 검정을 위해 흔들고.
하양과 기적소리를 위해. 흔들흔들 흔들자.
흔들어야 한다. 흔들자. 흔들리기 위해.
흔들흔들. 흔들자. 흔들흔흔들.

2

스톱워치

새가 새떼들이. 해를 끌고 간다. 끌고 가고 있다.
새가 새떼들이. 해에게 끌려간다. 끌려가고 있다.

해는. 저 새떼들을. 가슴속에 품었다.
새는 새떼들은. 저 해를 날개깃 속에. 품은 걸까.

스톱워치를 누르고 싶다. 잠시잠깐이라도.
스톱워치를 누른 뒤. 저것들 모두에게. 휴식을 주고 싶다.

그런 마음과 관계없이. 시간이 흘렀고. 저녁은 왔다.

동해

제 몸 구석구석 묵은 때를 밀고 있다

그렇게 푸른빛을 유지하고 있다

Stop Button

쉼표와 쉼표 사이. 칼이 운다. 쉬지도 못하고. 칼이 운다.

마침표와 마침표 사이. 포탄이 날고 있다. 포탄이 난다.

말줄임표와. 말줄임표 사이. 탱크가 있다. 탱크가 우뚝 서 있다.

따옴표와. 따옴표 사이. 방파제가 있다. 방파제가 서 있었다.

여자 얼굴과. 남자 얼굴 사이. 여자가 서 있고. 남자도 서 있다.

쉼표가 흘렀다. 쉼표가 흘러내렸다. 흘러내리고 있다.

마침표가 흘렀다. 마침표가 흘러내렸다.

말줄임표가 흘렀다. 말줄임표가 흘러내렸다. 흘러내리고 있다.

따옴표가 흘렀다. 따옴표가 흘러내렸다.

시간은 쉼표와. 마침표를 지나. 말줄임표와. 따옴표 사이 흘렀다.

잠시도 멈추지 않고 흘렀다. 흘러내렸다. 유장하게 흐르고 있다.

스톱 버튼을 누르고 싶다. 꾹 눌렀다. 누르고 있다.

잠시잠깐이라도. 생로병사에서. 그것들을 멈춰 세우기 위해.

땡볕

칼날이 사내. 등짝에 꽂힌다, 꽂히고 있다.
칼날이 계집. 등짝에 꽂힌다, 꽂히고 있다.
칼날이 소년. 등짝에 꽂힌다, 꽂히고 있다.
칼날이 소녀. 등짝에 꽂힌다, 꽂히고 있다.
칼날이 할배. 등짝에 꽂힌다, 꽂히고 있다.
칼날이 할매. 등짝에 꽂힌다, 꽂히고 있다.
염천 햇살이. 무수한 칼날이 돼. 꽂히고 있다.
사내와. 계집. 소년과. 소녀. 할배와. 할매. 등짝에.
꽂힌다. 꽂힌다. 셀 수 없을 정도로. 꽂히고 있다.
적병을 향해 날린. 사수의 무수한 화살처럼.

꽃잎미사일

해가 떴다. 해가 떠올랐다.

다시 해가 떴다. 해가 떠올랐다.

해가 졌다. 또다시 해가 졌다.

미사일을 봤다. 하늘 향해 쏜 미사일.

하늘 향해. 거침없이 날아가던.

그런 뒤. 어느 지점에서.

쾅하고 터져버린. 미사일들을 바라본 뒤.

해를 바라보다. 해를 바라보면서 해를 향해.

미사일을 노려보다. 미사일을 째려보면서. 미사일을 향해.

꽃잎이 발사한. 붉은 미사일. 그 파편들을 응시하다.

누군가의 가슴팍에 꽂혀. 그를 죽음에 이르게 한.

이 봄도 울컥 지나간다. 빠르게 지나갔다.

대화

나는 사물들에게. 말을 건네는 게.
익숙하지 않은 까닭에.
이제부터라도 나 자신에게.
내 감정은. 상승곡선을 탔다고.
그리고 깊어지자. 좋아하면 좋다고.
그 누군가에게라도. 말을 건네자 다짐했다.
반복 되는. 오늘이 아닌.
역동적인 내일을 향해.

새장

나무는 없다. 그 자리에. 나무는 없었고. 분수만 있다.
소설은 없다. 그 자리에. 소설은 없었고. 구상만 있다.
인형은 없다. 그 자리에. 인형은 없었고. 얼굴만 있다.
전화는 없다. 그 자리에. 전화는 없었고. 기계만 있다.
양말이 없다. 그 자리에. 양말은 없었고. 발목만 있다.
물뱀이 없다. 그 자리에. 물뱀은 없었고. 물범만 있다.
골목이 없다. 그 자리에. 골목은 없었고. 골무만 있다.
장갑이 없다. 그 자리에. 장갑은 없었고. 손목만 있다.
옷장이 없다. 그 자리에. 옷장은 없었고. 새장만 있다.
있다. 없다. 있다. 없다. 있다. 없다. 있다. 없다. 있다.
모든 사물은 나타났다. 곧 사라지게 된다.

적막 호텔

적막이 다가왔다. 긴 적막이 다가왔다. 사라졌다.
햇살이 다가왔다. 긴 햇볕이 다가왔다.
사라졌다.
몇 마리 쥐 다가왔다. 종. 종. 종. 종. 종. 사라졌다.
몇 마리 개 다가왔다. 쿵. 쿵. 쿵. 쿵. 쿵.
사라졌다.
어둠이 서서히 다가왔다. 칠흑 같은 어두움이다.
개미가 다가왔다. 이내 사라졌다. 다시 또 개미다.
나비가 다가왔다. 으음 사라졌다. 으. 웅. 웅.
호랑나비다.
언덕이 다가왔다. 마침내 사라졌다. 또다시 언덕이다.
소리가 다가왔다. 천천히 사라졌다. 소리.
웅 웅 웅 웅 소리소리.
냄새가 다가왔다. 느리게 사라졌다. 냄새.
여인의 냄새냄새.
호텔이 다가왔다. 바로 사라졌다. 다시 또 호텔이다
적막 속에. 서 있는 호텔이다.

그늘 속의 사람들

그늘 깊은 곳으로 걸었다
그
늘
로
그는 걸어갔다

그늘 향해 걸어 들어갔다
그
는
그늘로 사라졌다

해가 진다 서러움이
보
인
다
고요가 지고 있었다
어둠이 다가오고 있다

한낮에

돌멩이가. 한 개 있다. 두 개 있다. 세 개 있다.
긴 의자가. 한 개 있다. 둘 셋 네 개가 있었다.
무덤이. 한 개 있다. 두 개 있다. 셋 네 개 있다.
내가 있다. 네가 있고. 내가 있다. 네가 있었다.
네가 있다. 내가 있다. 네가 있다. 내가 있었다.
담장이 있다. 한낮에 파란 옷 입은. 여자 있다.
담이 있었다. 한밤에 노란 옷 입은. 남자 있다.
어디 그 어디쯤이었을까. 나도 모르고. 그도 몰라.
가로등을 켜기로 했다. 환하게 불을 밝혀 놓고서.
파란 옷 입은. 여자를 찾았고. 노란 옷 입은 남자.
여자와. 남자를. 찾았다. 하지만 그 둘은. 보이지 않고.
그 둘을. 찾아다니는. 빨강 옷 입은. 사람들만 보이고.
하양 옷 입은. 이들만 보였다. 둘은 어디로 간 걸까.

빈 맥주병

강남이다. 강남으로 남았다.

강남이 저기 있다.

강남으로 남은 강남.

서천이다. 서천으로 남았다.

서천이. 저기 있다.

서천으로 남은 서천.

고통이다. 고통으로 남았다.

고통이 저기 있다.

고통으로 남은 인생.

문자다. 문자로 남았다.

저기 저 문자가 있다. 돌에 새긴 긴 문장.

의자다. 의자로 남았다.

의자가. 저기에 있다. 의자로 남게 된. 빈 의자.

가을이다. 가을로 남았다.

가을이. 저기에 있다.

노란. 나뭇잎으로. 남은 늦가을.

맥주다. 맥주로 남았다.

맥주가. 저기에 있다.

빈 맥주병으로 남은. 맥주 거품이. 사라진 병.

돌을새김

내 가슴속에 들어온. 어떤 사물로 인해 기뻤다.

내 머릿속으로 들어온. 풍경으로 인해 슬펐다.

내 가슴속에 들어온. 어떤 사물들을 그려봤다.

내 머릿속으로 들어온. 풍경들을 조각칼로 새겼다.

내 가슴속에 들어온. 어떤 사물의 빛깔은 노랑이다.

내 머릿속에 들어온. 풍경들을 부조로 표현해봤다.

내 가슴과 머릿속에서. 노랑과 부조가 뒤섞였다.

그 순간 가슴속과. 머릿속에서 비가 내리고 있다.

지붕 위. 또는 다리 아래. 혹은 도로에. 물방울이 튄다.

사물을 그리게 되면. 노랑 물방울이 구른다.

부조를 떠올리면. 지붕 위 꽂힌. 물방울이 마구 구른다.

내게 너무도 가깝게 다가온. 사물들은 생의 찬란함이다.

主婦

무표정한 가족들이. 그녀 쪽으로 다가와.
우동과 라면을. 후르륵 말아 올렸다.
아들과 남편도. 우동과 라면을 먹었다.
남편은 사각형 얼굴에. 앞 이빨만 보인다.
아들은 둥그런 얼굴에 넓은 등짝.
딸은 뾰족한 얼굴에 오똑한 콧날만.
그러다 그녀 자신이. 그들에게 버려졌다는.
생각이 갑자기 들었다.
탁자 위에는 우동그릇과.
김이 모락모락 올라오는. 라면이 놓여있다.
그녀는 우동과. 라면을. 바라보다.
자신은 생각이 없고. 입이 없고. 이빨이 없어서.
우동과. 라면을. 씹어 삼키지 못하는 걸까.
여자도 국물이. 시원한 우동과. 라면을 .
맛있게. 먹을 수 있다는. 생각에.
그녀 마음엔. 그늘이 내렸고. 어두웠다.
다시 부엌으로 가. 칼을 들고. 양파와 감자를. 썰었다.
눈을 감았다. 다시 눈을 뜬 뒤. 이곳은 사람이 사는 곳일까.
부엌에 선 채로. 멀리 다가오고 있는. 어둠에게 물었다.

DMZ

풍경으로 남은 기관차
폐차로 남은 지나간 시간
기관차가 저기 있다
폐차로 남게 된
그 시간 속에 철조망이 쳐졌다

다시 철마가 달리게 될
그날을 그려본다

파열음

갈라졌다. 음 갈라지고 있다. 눈빛에 갈라졌다. 갈라지고 있다.
깨졌다. 깨지고 있다. 윽 강한 눈빛에 깨졌다. 으깨지고 있었다.
무엇이 갈라지고. 그 어떤 것이 깨졌는지. 음 그와 나는 모른다.
그 사이 여자가. 그 거리를 지나갔고. 남자도 지나간 것 같다.
그 사이 소녀가. 그 거리를 지나갔고. 소년도 지나간 것 같다.
밤이 지나가고. 다시 아침이 왔다. 거리에선 갈라지고 으깨진다.
무엇이 갈라지고. 무언인가가. 와장창 깨지는 건지. 모르고 있다.
이곳에선. 전혀 알 필요가. 없는 것이다. 과연 그런 걸까. 그렇다.
그래 그렇다면. 그럴 수밖에. 꼭 알아야 할 이유가. 없는 것이다.
다시 또 그곳에서. 무언가 갈라지고 있다. 깨졌다. 으깨지고 있다.

저런 나라

저런 것이. 있다. 저런 것들이. 있다.
저런 나라엔. 저런 인간들이. 있다.
이런 것이. 있다. 이런 것들이. 있다.
이런 나라엔. 이런 인간들이 있다.
편한 것이. 있다. 편한 것들이. 있다.
편한 나라엔. 편한 인간들이. 있다.
저런 것이. 있다. 보이지 않는. 저런
저런. 저런. 저런. 저런 것들이. 있다.
이런 것이. 있다. 보이지 않는. 이런.
이런. 이런. 이런. 이런 것들이 있다.
편한 것이. 있다. 보이지 않는. 편한.
편한. 편한. 편한. 편한 것들이 있다.
이런. 저런. 저런. 이런 것들이. 있다.
편한. 편하지 않은. 불편한 것이. 있다.
세상만사는. 다 그렇다. 늘 그래왔다.

연탄길

길을 걸었다. 소녀 등에. 눈이 끌려.
길을 걸었다. 할배 등을. 바라보면서.
길을 걸었다. 소년 등에. 시선이 가.
길을 걸었다. 할매 등을. 바라보면서.
길을 걸었다. 골목이 보일 때까지.
길을 걸었다. 가게가 보일 때까지.
길을 걸었다. 계단이 보일 때까지.
길을 걸었다. 난간이 보일 때까지.
길을 걸었다. 철길이 보일 때까지.
길을 걸었다. 성당이 보일 때까지.
길을 걸어갔다. 길을 걸었다.
기억 속 사라진. 길들이 보일 때까지.
걸었다. 걷고 또 걸었다.
걷게 될 것이다. 걷고 있다.
소녀와 소년은.
지금도 연탄 길을 밟으며. 걷고 있다.
그림책 속에서.

검독수리

검독수리가 논바닥에 내려오지 않았다
진눈깨비도 내리지 않았다
흰꼬리수리가 낙동강에 내려오지 않았다
이슬비도 내리지 않았다
흰이마기러기 주남저수지에 내려오지 않았다
눈이 내리지 않았다
눈도 아닌 비도 아닌 것들이 하늘에서 내리다
이내 그친 걸까
비도 아닌 눈도 아닌 것들이 먼 하늘에서 내려오다
바로 멈춘 걸까
검독수리도 흰꼬리수리도 흰이마기러기도 아닌
다른 새들은 하늘에 떠 있다
새들이 날아간 뒤 새를 향해 진눈깨비와 이슬비에게
눈이라고 소리쳤다
송이송이 함박눈이다 눈이 펑펑 내린다
눈은 녹지 않고서 내린다
그러다 이슬비에서 굵은 장대비로 바뀐
비는 형태를 바꿔 내린다
파주도 낙동강도 주남저수지도 아닌 도심 빌딩 위에서도
여전히 새들은 날고 있다
아니 독수리들이 날아다니는 상상을 해봤다

10203040506070

10분 걸렸다. 20분 걸렸다. 30분 걸렸다. 40분 걸렸다. 50분 걸렸다.
110분 걸렸다. 120분 걸렸다. 130분 걸렸다 140분. 150분이 걸렸다.
너를 향해. 너를 쳐다보다. 그를 향해. 그를 바라보다. 그들을 향해서.
60분 걸렸다. 70분 걸렸다. 80분 걸렸다. 90분 걸렸다. 100분 걸렸다.
160분 걸렸다. 170분 걸렸다. 180분 걸렸다. 190분 걸렸다. 200분이다.
그를 향해. 그들을 쳐다보다. 너를 향해. 너를 바라보다. 시간이 지났다.
그렇게 시간은 빠르게. 혹은 느리게. 또는 매우 지루하게. 흐르고 흘렀다.
네 안과. 그 안. 그들 안. 혹은 내 안에 남은. 시간들은 얼마나 되는 걸까.
그를 향해. 그들을 째려보고. 너를 향해. 너를 꼬나보는. 시간에도 초침과.
무언인지. 알 수 없는. 무언지 알 것 같은. 표정처럼 분침은 흐르고 있다.
처음 시작한 10분에서. 20분. 30분. 40분. 50분을 지우며. 시간은 채칵채칵.
시침과 분침과 초침은. 한순간도 쉬지 않고 걸었다. ㅊㅋㅊㅋㅊㅋ. 움직인다,

어떤 맛

참외가 다섯 개 있었다. 토마토가 일곱 개 있었다.
가지가 두 개가 있다. 자전거가 세 대 있었다.
오이가 열여섯 개 있었다. 수박이 세 통이 있다.
양파 스물일곱 개가 있었다. 앵두 열세 개 있다.
민물도요 한 마리가 있다. 메추라기도요 두 마리.
오리 다섯 마리가 있다. 가지와 참외 토마토가 있다.
애호박과. 콩. 수박. 옥수수와. 양파가 있다.
앵두와. 민물도요. 메추라기도요와. 오리가 있다.
있는 건 있다고. 말을 하자. 없는 건 없다고 말하자.
그곳엔 옥수수 여섯 개가 있었다. 싱싱한 애호박도 있다.

05시

자판을 두드리다 들었다
은지가 구겨지는 소리
자음과 모음이 흩어져내는 울음
또는 환하다 환하게 빛나는 새소리
내 방 침대 위로 지지배배
은박지를 접었다 편 것처럼
빛이 들어오고 있다

퇴근

지금 내게 없는 건
지나간 겨울밤과 봄밤이다
봄밤과 겨울밤은 흘러가 버렸다
훅 사라졌다 음 깜박 잊고 있었는데
가을밤도 삭제됐다
까맣게 잊고 있었다
가을밤에 버스를 탔다 내린 뒤
지나간 버스를 기억하지 않는 것처럼
계절들을 킬 킬 킬
황금색 자전거 안장에 앉아
페달을 쉼 없이 밟으며 길을 가다
오후 여섯 시쯤이었을까
이런저런 사념들이 내 안으로 들어왔다
나는 여전히 살아남아
자전거로 출퇴근을 하며
수많은 계절을 죽이고 있다

소실점

앞은 개구리. 아니 너구리. 뒤는 개구리. 아니아니 너구리.
앞은 손목. 아니아니 발목. 뒤는 손목 아니아니 발목이다.
앞은 문어. 아니아니 고등어. 뒤는 문어. 아니아니 고등어.
앞은 심벌즈 아니 템버린. 뒤는 심벌즈. 아니아니 템버린.
앞은 얼룩말. 아니 꾀꼬리. 뒤는 얼룩말. 아니아니 꾀꼬리.
앞은 앵무새. 아니 편의점. 뒤는 앵무새. 아니아니 편의점.
앞은 톱니바퀴. 아니 타이어. 뒤는 타이어. 아니 톱니바퀴.
앞은 지하철. 아니 터미널. 뒤는 지하철. 아니아니 터미널.
앞은 유니폼. 아니 정가표. 뒤는 유니폼. 아니아니 정가표.
앞은 마술피리. 아니 물병. 뒤는 마술피리. 아니아니 물병.
앞은 트렁크. 아니 용광로. 뒤는 트렁크. 아니아니 용광로.
앞은 로모그래퍼. 아니 빛. 뒤는 로모그래퍼. 아니 빛이다.
앞은 소실점. 아니 정지선. 뒤는 소실점. 아니아니 정지점.
평행선도. 시선을 먼 곳에. 멀리 두게 되면. 하나로 보인다.

에곤 쉴레

사각형 거울을 빠르게 잡았다. 순간 거울 속으로 으음 들어갔다.
모서리를 빠르게 잡았다. 일순간 푸른빛 속으로 빨려 들어갔다.
동서남북이 빛이다. 영롱한 푸른빛이다. 아니아니 검붉은 빛이다.
붉은 빛이 사라진 뒤. 푸른빛이 동서남북에서. 일시에 나타났다.
그 순간 담장 모서리가 깨졌다. 노랑 담장이 허물어짐과 동시에.
사각형 거울도 깨졌다. 거울 앞에서 화장을 하던. 아내도 멈췄다.
건물 모서리 앞에 서 있던 남편도. 건물 안으로 들어가지 못한 채.
그 자리에 서 있다. 남편은 속으로. 하나 둘 셋 넷 수를 세고 있다.
사각형 거울 속으로 빨려 들어간. 아내가 언제쯤 나올까 기다린다.
아내도 기다리고 있다. 노랑 담장 모서리 속으로. 으잉 으으 들어간.
젊은 남편을 기다리고 있다. 그가 어느 시간에. 그 곳으로 되돌아올지.
아내도 모르고. 남편도 모르지만. 그 둘은 그 곳에서 기다리고 있다.

*에곤 쉴레(1890-1918) 오스트리아의 화가 대표작으로「노란색 도시」외
  여러 작품이 있다.

바자회

한여름 밤 바자회엔
사람들 많이 모이는
장날보다도 더 북적인다
환한 등 아래 의자에 앉아
두런거리는 소리 들리는
그곳에서 우리 둘은 처음 만났다
그렇게 잠깐의 어색함을 지운 뒤
서로에 대해 천천히 알아가는
정겨운 친구가 되었다
탐스러운 꽃봉오리 닮은 널
팔월 여름밤 어느 날
나는 조계사에서 운명처럼 만났다.

3

르네 마그리트

한 방울 핏방울. 두 방울 핏방울.

세 방울 핏방울. 네 방울 핏방울.

한 방울 땀방울. 두 방울 땀방울.

세 방울 땀방울. 네 방울 땀방울.

한 방울 비눗방울. 두 방울 비눗방울.

세 방울 비눗방울. 비눗방울들.

네 눈에 아니. 네 귀에 핏방울.

네 입에 아니. 네 코에 땀방울과 비눗방울.

핏방울과. 땀방울과. 비눗방울을 심었다.

네 눈 안에 심어 놓고서. 내려다봤다.

방울방울 방울들이. 마구 커나가는.

방울방울 방울들이. 뛰어다니는 모습.

방울방울 방울들이. 날아다니는.

방울방울 방울들이. 굴러다니는 걸.

오늘은 나도. 저 비눗방울처럼.

이리저리 내 생각을 마구 뒤집어

자유롭게. 뛰어다니다.

빌딩 사이로. 휙 휙 날아다니고 싶다.

*르네 마그리트(1898-1967): 벨기에의 화가 대표작으로「붉은 모텔」외 여러 작품이 있다.

노란 색 도시

나는 방을 원했다. 파란 방을 원했다.

너도 방을 원했다. 붉은 방을 원했다.

그도 방을 원했다. 노란 방을 원했다.

나는 하루 전. 파란 방을 예약 했다.

너는 이틀 전. 붉은 방을 예약 했다.

그는 사흘 전. 노란 방을 예약 했다.

나는 조용한 방에서. 혼자 있길 원했다.

너는 붉은 방에서. 둘이 있겠다고 했다.

그는 노란 방에서. 셋이 머물겠다고 했다.

나는 방이. 괴롭다고. 생각했다.

너는 방이. 즐겁다고. 생각하는 것 같았다.

그는 방이. 예쁘게. 꾸며졌다고 생각했다.

파란 방에서. 나는 하루를.

붉은 방에서. 그 둘은 이틀을.

노란 방에서. 그들 셋은. 나흘을 묵다 갔다.

그들 모두는. 방에서 자고 나간 뒤.

그 방으로. 다시는 되돌아가지 않았다.

떠나온 방은. 원래 그런 걸까.

言語 새

부정한. 부정하지 않는. 언어 의식과 문장처럼.
하늘로 연기는. 하늘 향해. 날아오르며 찢어진다.
쉼표와. 그 쉼표의. 기호화. 혹은 언어의 본질 뒤.
자신의 앞길을 막는. 모든 것들을. 죽일 것처럼.
실체가 보이지 않는. 무형의 무언가를. 찢고 있다.
집중하지 않는. 집중 될 수 없는. 문법과 언어 새.
언어를 뒤집어엎는. 감각과 또 다른 감각은 어디.
나와 맞대면하게 되는. 저 사물들을. 죽여야 할 때.
詩는 없다. 그 순간. 진정한 너도 없고. 나도 없었다.

장미 핀

저 여자 머리에 꽂은 검붉은 장미 빛깔이 아닌
장
미
핀처럼
붉은 핀은 머리에 꽂혀 오늘도 내일도 빛나고 싶다
어제 죽은 여자가 아닌 오늘 죽을
여
자
도 아닌
내일도 살아 있고 모레도 생생하게 살아남아서
빛나는 긴 머릿결이 찰랑거리는
그 여자 머리 위
장
미
핀으로 빛을 발하고 싶은
너는 머리 위에서만 존재감을 드러낼 수 있는
여자가 고혹적일 때 너도 또한 더욱
어
여
쁜
머리핀이다
그녀가 조금이라도 더 아름답게 보이게끔 노력하는 것이
부인할 수 없는 네 역할의 한 부분임을 너는 잘 알고 있다
오늘도 여자 머리 위에서 빛을 발하는 핀

카라바조

사라진다. 저 먼 우주를 향해
사라지기 전까지.
그는 아름다운 것들을 끌어안고.
소멸하는 것을. 응시한다.
빛보다 빠른 속도로.
소멸하는 것들을.
손에 쥐기 위해. 노력한다.
하지만 손에. 잡히지 않았다.
모든 사물들은. 그렇다.
그도 이 땅에서. 소멸한 걸까.
그가 손에. 쥐고 있었던. 것들도 함께.
나를 대신하고. 너를 대신해서.
서른아홉 고개를 넘지 못한 채
어느 순간. 그는 우주로 떠났다.
그의 근황에 대해. 묻는 주변의 물음에.
우리 모두 알 수가 없다.
나 또한 답을 줄 수가 없다

*카라바조(1573-1610):이탈리아의 화가 대표작으로 성「요한」외 여러 작품이 있다.

무거운 몸

물 위를 걸어 다니다
내 몸이 너무 둔중해 물속에 쏙 빠졌다
레스토랑에서 안심을 썰다가
나
이
프
가
너무 무거워 내던졌다
허공에 몸을 던진 뒤
하
늘
을
날
다
몸이 너무 육중해 떨어졌다
온갖 기억들을 다 갖고 다니다
투박한 기억을 내던졌다
오전 내내 무거운 생각이 들락거렸다
지금도 그렇다

猫

팩시밀리가 밀어내는 표범
두 마리가
무서워
표범을
버
렸
다
어린 시절
고양이에
대한
기
억
이
가슴을 짓눌러
검정고양이 두 마리

담장 밑에서 봄볕을 즐기는
고양이를 바라보다
기억 속 야옹이도 지웠다

신경통

비가 오려나보다
비
가

동쪽에서
눈이 오려다보다
눈
이

서쪽에서
오
겠
다

동쪽에서 비를 질질 끌고 오는
냄
새

서쪽에서 눈을 살살 끌고 오는
소리로 인해

팔과 다리가 욱신욱신
쑤
신
다.

마법사

두툼한 겨울 양말을 신다
함
박
눈
을
겨드랑이에 끼고 다니고 싶었다
새파란 여름 장화를 신다
장
맛
비
도
끼고 다니고 싶었다
겨울엔
함박눈
여름엔
장맛비를
번갈아 끼고서
마법사처럼 세상을 날아다니고 싶었다
아니 날고 있다
날
아
다니고 있다
詩로 인해 열린 마법세계

대원경보살

내가 웃자고 말하자 그는 허허 웃었다
내가 울자고 말하자 그는 엉엉 울었다
내가 밥을 먹자고 말하자
그는 칠첩반상을 차려 내왔다
내가 생강차를 마시자고 말하자
그는 물을 끓여 따뜻한 차를 나와 함께 마셨다
내가 영화를 보자고 말하자
그는 나와 함께 극장을 가 지루한 영화를 봤다
내가 저녁 산보를 하자고 말하자
그는 나와 동네 주변을 30분 정도 걸었다
내가 이곳에서 움직이지 말고 기다리라고 말하자
그는 내가 정해준 그 자리에서 나를 기다렸다
내가 고향을 떠나자고 말하자
그는 짐을 꾸려 나와 함께 정든 마을을 떠났다
내가 새로운 곳에서 머물자고 말하자
그는 이삿짐을 푼 뒤 그 동네에 정착했다
그를 떠올리면
나는 그에 대해 이 말 외에 다른 말은
전혀 생각이 나지 않는다
그 사람은 내게 공기와 같은 사람이다

風磬

저렇게 제 몸을 마구 흔들어서
그리운 이가 찾아오게 하려는 걸까

푸른 건물 모서리

건물 모서리가 귀여운 유치원생처럼 보였다
그 앞에 서 있게 되면 나도 아이가 된 것 같았다
아이를 바라보다 그래 나도 사내아이가 되고 싶었다
그 순간 건물 뒤쪽에서 천천히 걸어오는 아이가 보였다
가장자리는 아이가 아니었다 아이는 모서리가 아니다
그럼에도 건물 모퉁이는 아이처럼 깜찍하게 보인다
저렇게 귀여운 건물 모서리를 나는 처음 보는 것이다
저 앙증맞게 튀어나온 청색도 나를 처음 보는 것 같다고
천천히 다가오는 아이 앞에서 내게 말을 건네는 것처럼 느꼈다
아이가 골목길을 빠져 나와 분식집 옆을 느리게 지나갔다
나도 아이와 푸른색 건물을 번갈아 바라보며 걸었다
처음 보는 노란머리 아이와 하늘색 빌딩 모서리였다
아이도 나를 처음 봤다 5층 빌딩도 물론 나와 첫 대면이다
앞으론 건물 귀퉁이를 좋아하게 될 것 같다
건물에 기대어 아이를 무작정 기다릴 것만 같은 저녁이다

잭슨 폴록

눈이다 눈알이다. 눈동자다. 눈꺼풀이다 눈이다. 눈알이다.
사방이 눈이다. 눈알이다. 눈동자다 눈꺼풀이다. 눈동자다.
눈이 눈알을 본다. 눈이 눈동자를. 눈이 눈꺼풀. 째려보고 있다
눈알이 눈을 본다. 눈알이 눈동자를. 눈알이 눈꺼풀 쳐다본다.
눈동자가 눈을 본다. 눈동자 눈알을. 눈동자 눈꺼풀 바라본다.
눈꺼풀이 눈을 본다. 눈꺼풀 눈알을 봤다. 눈꺼풀이 눈동자를.
눈이다. 눈알이다. 눈동자다. 눈꺼풀이다. 눈. 눈. 눈. 눈동자다.
눈. 눈알. 눈. 눈알. 눈. 눈알. 눈. 눈알. 눈꺼풀. 눈. 눈알. 눈. 눈.
세상은 눈이다. 세상은 눈알로 이뤄져 있다. 눈. 눈알. 눈. 눈알. 눈.
사물이 사람들을. 바라보고 있다. 사람들이. 사람을 꼬나본다. 눈알로.
눈 안에 고인다. 눈 안에 가뒀다. 눈. 눈 안에다. 빛과 그림자들을.
네가 눈길을 거두면. 네 눈 안에 든. 모든 사물들은. 사라지게 된다.

*잭슨 폴록(1912−1956): 미국의 추상화가 대표작으로 「비밀의 수호자들」 외 여러 작품이 있다.

Operator

대문 앞에 있다 초록 문 앞에 선다
문 뒤에 있다 문 뒤에 선다 서게 된다고
식당 앞에 있다
그
앞
에
선
다
식당 뒤에 있다 그 뒤에 선다 서게 된다
앞에 있다 파란 대문 앞과
뒤
에
서
있
다
문 뒤 또 다른 푸른 대문 뒤에 선다 서게 된다
앞에 있다 식당 앞과 뒤에 서 있다
식당 뒤쪽
문
뒤
에
선
다
서게 된다
문을 열었다 대문 열었다 회색 문을 열었다

그러다 진노랑색 식당 문을 활짝 열었다

그 순간 붉은 그림자를 닮은 기억도 따라 들어오게 된다

생각 속으로 걸상이 들어왔다

내 책 속으로 걸상이 걸어 들어왔다

책

상

도 들어왔다

내 컵 속으로 박새가 날아 들어왔다

콩

새

도 들어왔다

내 등 쪽으로 나비가 날아 들어왔다

거

미

도 들어왔다

내 코 안으로 파리가 날아 들어왔다

개

미

도 들어왔다

내 귀 안으로 소년이 걸어 들어왔다

소녀도 들어왔다

내 입 안으로 사과가 굴러 들어왔다

달콤한 나주 배도 들어왔다

날아 들어왔다 아무런 생각도 없이

걸어 들어왔다 생각을 전혀 않고서

굴러 들어왔다 그 어떤 이유도 없이

날아 들어왔다 걸어 들어왔다 굴러 들어왔다

광장에 사람들이 우르르 몰려들듯이

경계

마음이 일어난 최초의 마음으로 되돌아가
경
계
에
선
다
그 마음자리에 서서
마음이 일어나는 곳에 들지 않고
평
정
심
을 유지하게 되면
마음은 마음이 일어나는 경계에서
그
순
간
일어나는 마음을 지우고 있음을 느끼게 된다
하나의 마음도 일으키지 말아야 한다
마음
경
계
에 선 채로

Pattern

화분과 마네킹 사이
긴 소매처럼 펄렁이며
하이힐과
정육점 새
민소매처럼 날렵하게
옷걸이와 파랑 원피스를 돌아
파
랑
빛
처
럼
출렁이며
비눗방울과
무
릎
사
이
거품처럼 일렁이는
모델하우스와
횡
단
보
도
새
고요한 적막처럼

불꽃같은 여관과 노랑 머리카락을 돌아
이상한 무늬처럼 끈적이는 여름이 왔다

빛의 제국

낮잠 중에. 검정 꽃다발이 보였다. 노랑 꽃다발도 보였다.
낮잠 중에. 검정 기관차도 보였다. 파랑 기관차도 보였다.
낮잠 중에. 검정 색종이가 보였다. 빨강 색종이도 보였다.
낮잠 중에. 검정 전화기가 보였다. 하양 전화기도 보였다.
낮잠 중에. 검정 해안가가 보였다. 초록 해안가도 보였다.
낮잠 중에. 검정 피아노가 보였다. 남색 연주회도 보였다.
낮잠 중에. 검정 공동체가 보였다. 주황 공동체도 보였다.
낮잠 중에. 검정 모래밭이 보였다. 보라 우체부도 보였다.
낮잠 중. 그것들이 사라지고 있다. 으으음 증발하고 있다.
노랑 꽃다발. 파랑 기관차. 빨강 색종이. 하얀색 전화기가.
초록색 해안가. 남색 연주회. 주황 공동체. 보라색 우체부.
여기저기서 마구 사라진다. 사라지고 있다. 애고 증발이다.
충분하다. 아니 그렇지 않다. 사라지고 증발되기 위해서는.
어색하고. 으스스한. 저 색깔들은. 네 안에서 충분치 않다.
그냥 지나가게 해야 한다. 알약과 같은 긴 긴 낮잠 중에서.

아프리카를 생각했다

거울을 바라보며 씽긋 웃었다
거울을 바라보며 잉잉 울었다
거울을 바라보며 사진을 찍었다
거울을 바라보며 아프리카를 생각했다
거울을 바라보며 마라도를 그렸다
거울을 바라보며 투우사를 생각했다

거울을 바라보며 야구장을 그렸다
거울을 바라보며 모던 보이를 생각했다
거울을 바라보며 수레바퀴를 그렸다
거울을 바라보며 마술피리를 생각했다
거울은 나를 지켜주지 못했지만
나는 거울을 지켜주겠노라고 마음을 굳혔다
어느 날 거울을 바라보며 옷을 갈아입다
문득

마르셀 듀샹

실제보다. 더 많이 노랗다. 실제보다. 더 많이 뛰었다.
더 많이 그렸다.
실제보다. 더 많이 놀랐다.
더 많이 붉었다. 실제보다. 더 많이 ㅋㅋ.
실제보다. 더 많이 하얗다. 실제보다. 더 많이 ㅎㅎ.
더 많이 더 더 더 이상하다.
실제보다. 더 많이 빨갛다. 실제보다. 더 많이 웃었다
더 많이 울었다. 실제보다. 더. 더. 더. 더. 더.
더 많이 만났다.
더 많이 몰랐다.
실제보다. 더 많이 귀엽다. 실제보다. 더 많이 알았다.
더 많이 파랗다. 실제보다. 더 많이 그렸다.
더 많이 뜯었다.
더 많이 살았다.
그래. 그렇다. 실제보다. 더 많이 그렸다. 그 무렵은 그랬다.
그렇다. 실제보다. 더 많이 웃겼다. 그래 실제보다 더 낯설다.

---

* 마르셀 듀샹 (1887-1968): 프랑스의 초현실주의 화가이자 조각가이며
  대표작은 「샘」 외 여러 작품이 있다.

블랙아웃

하루 전 혹은 이틀 전 또는 사흘 전이나 나흘 전
일주일 전 이 주일 전 삼 주일 전 사 주일 전에
하루 전 그 시간 A엔 다섯 대 에어컨이 켜져 있었으며
이틀 전 그 시간 B엔 여섯 대
에어컨이 켜져 있었다
사흘 전 그 시간 C엔 일곱 대 에어컨이 켜져 있었고
나흘 전 그 시간 D엔 여덟 대
에어컨이 켜져 있었다
일주일전 그 시간 E엔 에어컨 두 대가 켜져 있었으며
이 주일 전 그 시간 F엔 세 대 아니 다섯 대
백색에어컨이 켜져 있었다
삼 주일 전 그 시간 G엔 네 대의 에어컨이 켜져 있었고
사주일 전 그 시간 H엔 일곱 대
에어컨이 켜져 있었다
지금 이 시간까지도 에어컨들은 이상 없이 작동되고 있다
내 생각과 네 생각 그와 나 우리 모두의 생각도 그렇다
무더위에 에어컨은 고장 난 곳이 없고 지나간 하루 이틀 사흘
또는 일주 전 이 주전 사 주 전에서 현재까지 정상가동 중이다
올여름은 무사히 지나가게 될 것 같다
물론 지속적인 무더위로 인한 가파른 전기 사용량 증가로 인해
대규모 정전이 올 경우 그 건 예외다
그런 일은 매우 드물다 하지만 대비하지 않을 순 없다
오래 전 일어난 블랙아웃은 우리 모두를 긴장하게 한 소중한
경험이다

찰나

일상에서
지
치
지
않기 위해선
지금 이 순간
쉴 수 있는 것이
가
장
중요하다
다른
시간은
중
요
치
않다
정말이다

허무한 수요일

새장과 열대어 어항을 사기 위해
종
로
에
나갔다 사지 못했고
암수 한 쌍 동박새는
하
늘
로
날려 보낸 뒤
물고기는
살
리
지
못해
끝내 죽고 말았다
그 때문인지
오늘은 마음이 잘 다스려지지 않는
울적한 날이다
그런 까닭에
집필실에서 커피를 달게 타 마시며
우울한 기분을 달랬다

가려움증

다리를 긁었다
팔을 긁었다 머리를 긁었다
긁
었
다
긁다 말았다
등을 긁었다 눈 주변을 긁었다
손등을 긁었다
긁
었
다
긁다 말았다
긁는 걸 좋아하지 않는데
어느 순간부터 몸을 긁고 있다
가렵지도 않은데
긁
고
싶
다
긁고 있다 다리와 팔 머리
긁고 있다 눈 주변과 손등을
긁고 있다
긁
었
다

가려움을 느끼지도 않는데 긁었다
나는 긁는다 긁었다 긁는다
긁고 있다

피자집은 지나갔다

오전시간이 지나갔다. 오전이 끝난 뒤. 오전 안에 있던 나.
오전 작업이 끝난 뒤. 오전 밖으로 나왔다.
피자집을 지나갔다. 피자집 영업이 끝난 뒤. 피자집 안에 있던 그.
피자집 영업이 끝난 뒤. 피자집 밖으로 나왔다.
오후시간이 지나갔다. 오후가 끝난 뒤. 오후 안에 있던 나.
오후 작업이 끝난 뒤. 오후 밖으로 나왔다.
우동 집을 지나갔다. 우동 집 영업이 끝난 뒤. 우동 집 안에 있던 그.
우동 집 영업이 끝난 뒤. 우동 집 밖으로 나왔다.
밤 시간이 지나갔다. 밤 시간이 끝난 뒤. 밤 시간 안에 있던 나.
밤 작업이 끝난 뒤. 자정이 넘어 밖으로 나왔다.
오전 안에서. 오전 밖으로.
오전시간이 지나갔고. 오전시간의 짧은 끝을 봤다.
오후 안에서. 오후 밖으로.
오후시간이 지나갔고. 길게 느껴지는. 긴 오후시간을 끝냈다.
밤 시간 안에서. 밤 시간 밖으로.
밤 시간이 지나갔고. 길고도 긴 긴. 밤 시간을 다 보냈다.
피자집을 지나간 뒤. 피자집 안에서. 피자집 밖으로.
우동 집을 지나간 뒤. 우동 집 안에서. 우동 집 밖으로 나왔다.
오전시간과. 오후시간을 거쳐. 밤 시간이 무심히 지나갔다.
사거리 피자집을 지나왔고. 오거리 우동 집을 지나.
오전시간에서. 밤 시간까지. 모든 걸 흘려보냈으며.
피자집에서. 우동 집을 지나. 나는 예까지 왔다. 모두 다 지나왔다.
하지만 그것들이. 내게 어느 날. 다시 불쑥 다가올지는. 알 수가 없다.
내가 지나온 피자집은. 기억 속 먼 곳에 있는 까닭에.

4

초경

젓가슴
눈동자
엉덩이
정강이
무르팍
대가리
콧구멍
귓구멍과
머리털이. 익는. 익어가는. 시간.
익는. 익어간다. 익는. 익어간다.
익어간다. 익는. 익어간다. 익는.
익어간다. 농염하게. 익어간다.
익어가고 있다. 익는. 익어간다.
익는. 익어가는 것.
그런 순간에도 사물이 전혀 겹치지 않고
익지도 않는 순수한 시간 앞에서
시간이 꽃을 피우기 전 이랄까
정지된 화면처럼 멈춰 선 순간이
저 가슴속엔 있다

우시장

소가 우는 소리를 장에 내다팔기 위해
담양우시장을 찾았다
하지만 파장이어서 소 울음소리를 팔지 못하고
장터 밖으로 나와 읍내를 배회했다
지겹게 울어대는 소의 울음을 시장에 내다팔려다
어둠이 깔리는 죽향대로를 터벅터벅 걸어
지루한 울음소릴 들으며 집으로 돌아가는 길은 슬펐다
몇 개의 흐린 가로등 밑을 지나다
어디선가 울어대는 또 다른 소의 울음을 듣게 됐다
그 울음소리 시간을 가리지 않고
내 고막을 찌르는 건
곧 끝이 난다고 여겼다
집을 나서며 이제 소와의 관계도
몇 시간만 참으면 그렇게 될 것이라고 생각했다
그러나 어떤 식으로라도 팔았어야만 했다
이틀 뒤 내려진 구제역 살처분으로 인해
누렁소와의 질긴 인연은
여전히 끊어지지 않고 있다
지금까지도 나는 울음소리를 듣고 있다

아마데우스 카페

마침표 혹은 쉼표 또는 꺽쇠 으음 말줄임표처럼
천리 밖에서 만났다 헤어진 뒤
조금 더 멀어진 삼천 리 밖에서 그는 그녀를
그녀도 그를 천리 밖에서 만난 뒤 삼천리 밖에서
천리도 이 천리도 아닌 삼천 리 밖에서
그 둘은 만났다
혼자 길을 떠나 혼자 밥을 먹고
혼자 술을 마시고 혼자 잠을 자면서
너도 우리도 아닌 오직 나만을 위한 길을 갔다
그러다 어느 날 횡단보도를 건너려다
우연히 도로 좌측에서 걸어오는
키가 큰 그를 여자는 보게 됐다
땡볕 아래 석유집 앞을 지나가는 사내
정오를 훌쩍 넘긴 오후 두 시쯤이었던 것 같다
손바닥을 허옇게 뒤집어 마구 흔들어서 소통한 뒤
여자는 능금나무 뒤 삼천 리 밖에서 남자와 조우해
맑은 날 아마데우스 카페에서 냉커피를 함께 마시게 됐다
말줄임표처럼

중심에서 불렀다

너는 나를 갑자기 불러냈다
나도 너를 어느 날 불러냈다
그도 너를 급자기 불러냈다
너도 그를 어느 날 불러냈다
백화점 앞에서 너를 불러낸 뒤
고양이 앞에서 그를 불렀다
코끼리 앞에서 너를 불러낸 뒤
거북이 앞에서 그를 불렀다
너는 나를 불러냈고
나는 너를 불러냈고
그가 너를 불러냈고
너도 그를 불러냈다
골목길에서 너는 나를 불렀다
사거리에서 나도 너를 불렀다
오거리에서 그도 너를 불렀다
성당 앞에서 너도 그를 불렀다
왼쪽 아니 오른쪽을 향해
왼쪽도 오른쪽도 아닌 곳으로 걷고 있는
나, 너, 너, 나를 어느 날 불렀다
그들이 중심에서 불렀다

지붕 위 새

정오에 모래가 뜨거워질 때쯤
새들은 난다 건물 위로 오르기 위해 난다

지붕을 향해 난다 날아오른다

도시가 강력한 매연을 발할 때
새들은 난다 새들은 살기 위해 날갯짓 한다

새는 과연 저 지붕 위로 날아오를 수 있을까
저들이 파드득거리는 소리

내 눈에 꽂혔다
새들은 살아남기 위해 파닥이고 있다

나는 의미 있는 몸짓을 보지는 못했다
하지만 울음기 밴 소리는 들었다

코털 같은 날

잘 구운 빵이 먹고 싶다고 썼다
썼다 썼다
썼다
썼다
썼다
맑은 물이 마시고 싶다고 썼다
썼다
닭고기가 먹고 싶다고 썼다
썼다
썼다
그러다 오리고기가 먹고 싶다고 썼다
썼다
썼다
썼다
그러다 오리털이 먹고 싶다고 썼다
그러다 닭털이 먹고 싶다고 썼다
그러다 코털이 먹고 싶다고 썼다
그래 나는 코털 같은 날에
빵과 물 그리고 닭고기와 오리고기에 대해 생각했다
새털같이 많은 날에 코털을 잡아 빼다
아 따가워 지루함을 참지 못하는
내 행동은 늘 이렇다

사하라 사막

빛을 사이에. ////////// 둔 채로.
모래사막을 걸었다. 걷고 있다.

걷는다. 빛이llllllllllll. 따라오고 있다.

llllllllllllllllllllllll 빛. 빛. 빛. 빛. 빛.
//////////////////// 빛. 빛. 빛.
네 발걸음마다 빛이 보인다.

모래가 ＿＿＿＿＿＿ 누워 있다.
모래가 우뚝 iiiiiiiiii 서 있다.

가까운 곳 또는 먼 곳에서.
모래 산이 벌떡 일어났다. 사라진다.

빛을 사이에 llllllll 두고.
빛이 사라졌다. 또다시 /////// 나타났다.

기억을 ＿＿＿＿＿＿사이에 둔 채.
나타났다 사라지는. 너는llllllll 빛이고.
나는 산이다.

나는 원한다

얼어붙었다 얼어붙고 싶지 않았던
피피새였다
피

피

새

이

고

싶지 않았다
술잔이었다 술잔이고 싶지 않았었다
교육생이다 교육생이고 싶지 않았다
도끼날이다
도

끼

날

이

고

싶지 않았다
뻐드렁니다 뻐드렁니고 싶지 않았다
눈표범이다 눈표범이고 싶지 않았다
삼각형이다
삼

각

형

이

고

싶지 않았다
예민하다 매우 감각적인 너는 누구지
싶지 않았다 싶지 않았었다

하지만 너는 영향력 있는 사람이 됐다

꿈 수저

네 손가락이. 쥔 흙 젓가락이 보인다. 흙 수저도.
흙 젓가락과. 흙 수저가. 네 손가락 안에 있다.
네 손가락이 쥔. 쇠 젓가락이 보인다. 쇠 수저도.
쇠 젓가락과. 쇠 수저가. 네 손가락 안에 있다.
네 손가락이 쥔. 놋쇠젓가락이 보인다. 놋쇠수저도.
놋쇠젓가락과. 놋쇠수저가. 네 손가락 안에 있다.
네 손가락이 쥔. 은젓가락이 보인다. 은수저도.
은젓가락과. 은수저가. 네 손가락 안에 있다.
네 손가락이 쥔. 금 젓가락이 보인다. 금수저도.
금 젓가락과. 금수저가. 네 손가락 안에 있다.
그들이 손에 쥔 수저를 바라보다.
나는 흙 수저도. 흙 젓가락도 없어.
손가락으로. 밥을 퍼 먹을 수밖에 없는.
무 수저였음을 알게 됐다.
아니 내겐. 그 누구도 갖고 있지 않은. 꿈 수저가 있다.

주어

주어가 있다 네 안에서 튀어나온 주어
동사가 있다 네 안에서
튀
어
나
온 동사
형용사가 있다 네 안에서 나온 형용사
부사가 있다 부사 네 안에서 나온 부사
접속사가 있다 접속사 네 안에서 튀어나온 접속사
대명사가 있다 대명사 네 안에서
튀
어
나
온 대명사
관형사가 있다 관형사 네 안에서 나온 관형사
그동안 더럽혀진 그것들을 통째로 들고 나와
쓰
레
기
통
에 버렸다
머리를 시끄럽게 만들었던 허접한 것들
앞으론 인상을 찌푸리지 말고
새로운 주어와 동사 형용사 안에서 환하게 불 밝힌 뒤
부사와 접속사 대명사 관형사와 함께 환하게 웃자

걷는 남자

이른 시간 너무 이르지 않게
늦은 시간
너무 늦지 않은 시간에
지구 안에서 지구를 중심으로 돌다
지구 밖에서
지구 밖을 중심으로
이른 시간 너무 이르지 않은 시간에 빙빙
늦은 시간 너무 늦지 않은 시간에 빙빙빙
이르지도 또한 늦지도 않은 시간대에 빙빙
고공비행 중이다
아차 실수로 고공낙하 중인지
이른 시간 너무 이르지도 않은 시간대에
늦은 시간 너무 늦지도 않은 시간에
이른 시간은 열두 개 얼굴
늦은 시간도 열두 개 얼굴을 지녔다
양과 음인 그 둘은 하루 24개 얼굴을
공평하게 서로 나누어 가졌다
자 오늘도 너무 이르지도 않고
늦지도 않게 으음 늦지 않게끔 행동하자

暴雨

살수차를 대기 시켜 놓은 걸까

비는 쉬지 않고 내린다

미루나무 가지를 세차게 때리는

도로 위 우당탕 탕탕 쏟아져 내리는

! ! ! ! ! ! ! ! ! ! ! 빗줄기

詩作

먹는 것이 始作 되면 보는 것이 詩作 되고
보는 것이 始作 되면 먹는 것이 詩作 된다
듣는 것이 시작 되면 보는 것이 시작 되고
보는 것이 시작 되면 듣는 것이 시작 되고

始作 되면 詩作 되고
始作 하면 詩作 된다
먹는 것과 보는 것
보는 것과 먹는 것

우는 것이 始作 되면 먹는 것이 詩作 되고
먹는 것이 시작 되면 우는 것이 시작 되고
웃는 것이 始作 되면 먹는 것이 詩作 되고
먹는 것이 시작 되면 웃는 것이 시작 되고

詩作 된다 시작 하면 詩作 된다 시작 되면
詩作 되고 始作 되면 詩作 된다 始作 하면

된다
詩作

빛이다

햇빛이다
빛이 여자 둘을 쫓고 있다
흰 여자는 희다
매우 희게 보이고
검은 여자는 검다
더욱 검게 보인다
햇빛은 두 여자 얼굴의
밝고 어두운 부분을 완성하기 위해
빛을 여자들에게 배달 중이다
목이 길고
얼굴이 흰 여자가 걸어간다.
목이 짧고 얼굴이 검은 여자도
길을 걷고 있다
빛 아래에서 빛을 가르며

프로타주

눈을 떴다. 눈을 감았다. 다시 눈을 감았다. 눈을 떴다.
한낮이다. 해가 중천에 떠 있다.
눈을 떴다. 눈을 감았다. 다시 눈을 감았다. 눈을 떴다.
둥근 해가. 빛을 문지르고 있다. 그렇다 한낮이다.
이마 위. 떠 있는 해는. 빛이다. 빛을 마구 비벼서.
대지에 환한 빛을. 찬연히 발하고 있다.
눈썹 위. 눈썹 아래에서도. 해는 빛을 문지른다.
코밑. 콧잔등 위에서도. 해는 빛나고 있다.
해는 지지 않을 것 같다. 해는 질 일이. 없을 것처럼.
정오 무렵 온 세상을. 비벼서 문지르고 있다.
해는. 그 누군가에게. 절대 밀릴 일이. 없을 것 같다.
맑고 푸른 하늘에서. 빛을 찬란하게 발한다.
눈을 떴다. 다시 눈을 감았다. 또다시 눈을 감았다.
눈을 떴다. 그럼에도 해는 하늘 한가운데에서.
지치지도 않고. 여전히 빛을 문질러. 세상에 퍼뜨리고 있다.
가볍게 걸어가는. 여자 긴 머릿결에서도. 빛은 찰랑이고
맨발로 걸어가는. 사내 아이. 종아리에서도. 빛은 번뜩인다.

*프로타주: 프랑스어 프로테(frotter 문지르다)의 명사형으로,
  회화에서 그림물감을 화면에 비벼 문지르는 채색법.

알베르토 자코메티

붉은 깃털이 있다. 노랑 깃털이 있다. 파랑 깃털이 있다.
노랑 발톱이 있다. 붉은 발톱이 있다. 파랑 발톱이 있다.
붉은 눈알이 있다. 파랑 눈알이 있다. 노랑 눈알이 있다.
파랑 손톱이 있다. 붉은 손톱이 있다. 노랑 손톱이 있다.
노란 액자가 있다. 파란 액자가 있다. 붉은 액자가 있다.
집중하지 못하는. 집중 할 수밖에 없는. 깃털과 발톱들.
집중 할 수밖에 없는. 집중하지 못하는. 눈알과 손톱들.
그것들을. 사각형 액자에 가둬놓고. 들여다보고 있었다.
좁은 액자에 구겨 넣어진. 깃털과. 발톱. 손톱과. 발톱들을.
이 시간부터. 나는 그것들에 대해서. 관심을 끊기로 했다.
날아오르든지. 발톱을 세우든지. 으응 눈알을 부라리든지.
파랑 손톱과. 붉은 손톱. 노랑 손톱으로. 마구 할퀴든지.
사랑과 헌신은. 전혀 모르겠다고. 주장하는 것들인 연유로.
사각형 액자에. 그것들을 가둬. 벽에 건 뒤. 감시하기로 했다.

*알베르토 자코메티(1901-1966) 스위스 출생 화가이자 조각가 대표작은 「걷는 남자」 외
  여러 작품이 있다.

무대설계

바위하면 바위가. 튕겨져 나와요. 바위하면 바위가.
세모하면 세모가. 튕겨져 나와요. 세모하면 세모가.
꽃신하면 꽃신이. 튕겨져 나와요. 꽃신하면 꽃신이.
새우하면 새우가. 튕겨져 나와요. 새우하면 새우가.
문신하면 문신이. 튕겨져 나와요. 문신하면 문신이.
놀이하면 놀이가. 튕겨져 나와요. 놀이하면 놀이가.
다음하면 다음이. 튕겨져 나와요. 다음하면 다음이.
청춘하면 청춘이. 튕겨져 나와요. 청춘하면 청춘이.
질문하면 질문이. 튕겨져 나와요. 질문하면 질문이.
확신하면 확신이. 튕겨져 나와요. 확신하면 확신이.
오해하면 오해가. 튕겨져 나와요. 오해하면 오해가.
날개하면 날개가. 튕겨져 나와요. 날개하면 날개가.
염소하면 염소가. 튕겨져 나와요. 염소하면 염소가.
연극하면 연극이. 튕겨져 나와요. 연극하면 연극이.
그 안에선 배우가. 필요한 모든 것들이. 가능합니다.

날지 못한 詩

선반 위에서 굴뚝새 두 마리가 떨어졌다
아니 세 마리
선반 위에서 흰죽지 두 마리가 떨어졌다 아니 네 마리
선반 위에서 황오리 두 마리가 떨어졌다
아니 한 마리
선반 위에서 큰고니 두 마리가 떨어졌다 아니 세 마리
선반 위에서 기러기 두 마리가 떨어졌다
아니 다섯 마리
선반 위에서 병아리 두 마리가 떨어졌다 아니 세 마리
선반 위에서 동박새 두 마리가 떨어졌다
아니 여섯 마리
선반 위에서 까마귀 두 마리가 떨어졌다
아니 일곱 마리
선반 위에서 두루미 두 마리가 떨어졌다
아니 여덟 마리
선반 위에서 적원자 두 마리가 떨어졌다 아니 아홉 마리
선반 위에서 양진이 두 마리가 떨어졌다
아니 열 마리
선반 위에서 솔잣새 두 마리가 떨어졌다 아니 열일곱 마리
선반 위에서 섬참새 두 마리가 떨어졌다 아니 열두 마리
선반 위에서 파랑새 두 마리가 떨어졌다 아니 열네 마리
선반 위에서 꾀꼬리 두 마리가 떨어졌다 아니 열세 마리
하늘로 날지 못해 새가 떨어졌다 날지 못한 시를 닮은 새
오늘도 나는 내 안에 있는 새를 불러내 詩를 읊조렸다

장욱진

푸른빛이 보인다. 빛 속에서 걸어오는. 친구가 보인다.
어둠이 보인다. 어둠 속에서 걸어오는. 아저씨가 보인다.
붉은 빛이 보인다. 빛 속에서 걸어오는. 사촌이 보인다.
어둠이 보인다. 어둠 속에서 걸어오는. 할머니가 보인다.
환한 빛이. 어둠을 움켜 쥔 채. 어두움을 걷어내고 있다.
어둠이. 환한 빛을 움켜 쥔 채. 빛을 어둠으로 물들인다.
표정이 드러나지 않은. 어둠과. 표정이 그대로 드러난 빛.
어둠과 빛 사이에서. 어둠이 서서히 다가왔고. 빛이 왔다.
빛은 이곳에 있고. 어둠은. 그 어딘가에서. 서성이고 있다.
빛은 창밖으로. 쏟아져 내리는. 함박눈과 매우 닮아 있다.
친구와 아재는. 현관문을 열고. 내린 눈을 쓸고 또 쓸었다.
눈 속에서. 차가운 바람을 맞으며. 사촌과 할매가 보였다.
어둠을 걷어내고. 빛이 다가오고 있다. 새벽은 그렇게 왔다.

*장욱진(1917-1990):서양화가 충청남도 연기 출생 대표작으로 「자화상」 외
  여러 작품이 있다.

嚴冬雪寒

15일 전 눈이 내렸다 오늘도 또 눈이 내리고 있다
14일 전 비가 내렸다 오늘도 또 비가 내리고 있다
13일 전 우박이 내렸다 오늘도 또 우박이 내린다
15일 전 내린 눈 위로 검정 개 두 마리
14일 전 비가 내릴 때 염소 다섯 마리가
13일 전 우박이 내릴 때 고양이 세 마리도 지나갔다
밖에 나가 검정 개 두 마리 발자국을 구석구석 지웠다
염소 다섯 마리가 지나간 발자국은 15일 전 내린 비가 지웠다
13일 전 우박이 내릴 때 지나간 고양이 발자국은 모른다
14일 전 내린 비와 며칠 전 내린 눈과 며칠 전 내린 우박
비와 눈과 우박이 내린 길을 그가 천천히 걸어가다
눈을 지우고 비를 지우고 우박을 지운다 모두 지워나갔다
검정개 두 마리와 염소 다섯 마리 고양이 세 마리도
풍물을 바라보다 그것들이 남긴 발자국을 흔적 없이 지웠다
풍경 속 울림이 되지 못한 울림이 없는 것들을 차례대로
그 자신을 포함 풍경이 될 수 없는 것들은 모두 다
이 세상은 검다 검정이다 아니 회색빛이다

저 붉고 푸르른 숲

푸른 나무는 푸르다.

푸르른 나무다.

붉은 나무는 붉다.

불그스름한 나무.

갖고 싶다. 푸르다. 푸르른 나무.

갖고 싶다. 붉다. 붉은 빛 나무.

푸르다. 푸른. 푸르른.

붉다. 불그스름한. 붉은.

푸르다. 푸르르기 전.

붉다. 불그스름.

붉게 타오르기 전.

갖고 싶다. 푸르른. 푸른 빛.

갖고 싶다. 불그스름. 붉은 빛.

푸른 나무처럼. 푸르게. 살고 싶다.

붉은 나무처럼. 붉은 열정으로.

나무처럼 붉은 빛과. 푸른빛도 잊고.

붉고. 푸르른. 세계를.

끌어안고 살 것이다.

김성규

네가 그린 건 투명한 물방울이었건만
물방울이 날개를 달고 날았다
네가 바라본 건 은빛 물방울이었지만
어느 새 물총새가 되어 날아갔다
네가 이른 아침에 그려놓은 물방울들은 어디로
그 어딘가로 사라진 걸까
은빛 물방울에게 사라진 이유를 물어야할까
투명한 물방울에게도 물어야할까
은빛 물방울도 모른다고
투명한 물방울도 모른다고 한다
그럼 그 연유를 가여운 울음소리로 남아 있는
언제부터인지 모르지만 네 안에서 울고 있는
물총새에게 물어봐야 할 것 같다

*김성규(1963–): 충남공주 출생으로 신소리 화실에서 15회 개인전을 준비 중인 서양화가다.

1시에서 8시까지

1시에 나비를 바라보다
돌멩이를 그렸다
2시에 거미를 바라보다
꼬
리
치
레를 그렸다
3시에 장미를 바라보다
가
든
파티를 그렸다
4시에 신부를 바라보다 혓바닥을 그렸다
5시에 거울을 바라보다 전봇대를 그렸다
6시에 비행운을 바라보다
성
탄
절을 그렸다
7시에 해파리를 바라보다 종이인형을 그렸다
8시에 건전지를 바라보다
전
기
의자를 그렸다
1시에서 8시까지 그리다와 바라봄을 쌓았다
앞으로 16시간을 쌓고 더 쌓아야만
내게 주어진 오늘 일과를 끝낼 수 있다

소음

위충과
아래충에서
쿵쿵 구르고 있다
201호
혹은 301호일까
화장실 또는 수족관 옆
거실 벽 아님 안방 벽 뒤
신발장 뒤
옷장 속
계단 옆과
계단 앞에서
옆집 벽과 뒷집 벽을 타고
누군가 구르고 있다
수도관을 타고 울려 퍼지는 걸까
도대체
누군지 알 수 없는
누군가 구르고 있다

무명도

무언가가 안에서 자란다는 것과
무엇인가가 네 안에서 자라고 있다는 건
보이는 것과 보이지 않는 것으로 구분 되는 걸까
그렇다고 생각하면 그런 것이고
그렇지 않다고 강하게 부정하면 그렇지 않은 건지
언젠가 본 일곱 개 바위섬을 닮은
나도 기억하고 싶지 않아 내 기억 속에서 지웠고
너도 떠올리고 싶지 않아 네 기억 속 끊어낸
그곳에서 본 사람과 들꽃들과의 인연도 모두 잘라낸 무명도

5

고속도로

고속도로가 내 코란도 승용차를 끌어당기는 건지
코란도 승용차가 고속도로를 잡아당기는 걸까
검정 색 승용차가 도로를 끌어당기는 새벽에
도로가 검정 색 승용차를 잡아당기는 이른 아침에
승차감이 별로인 승용차는 도로를 달리고 있다
땅강아지가 땅을 끌어당기며 땅 위를 기어가듯이
솔개가 하늘을 잡아당겨서 하늘로 솟구쳐 오르듯
승용차는 도로를 잡아당겨서 길을 재촉한다
도로 또한 승용차를 끌어당겨서 길을 급히 간다
저 땅강아지와 솔개처럼 제 길을 찾아간다.

時刊企劃

毛 氏는「時間이 남아 時間이 없다」는 제목의 新刊을 신문에서 읽었다
「시간이 없다 시간이 없는」 또 다른 신간은 放送을 통해봤다
그는 시간이 없어 평소 만나고 싶었던
「시간이 없다는」新刊의 著者 高 氏를 만나지 못했고
「시간이 없어 시간이 없는」신간을 구입한 뒤 읽지 못했다
「정말로 시간이 없다」는 제목의 신간을 過去 出版社가 펴내지 못해도
시간은 지나갔고
시간이 부족해 시간을 낼 수 없다는 신간의 저자를
未來 出版企劃者가 만나지 못해도 시간은 흘러갔다
시간이 없다는 제목의 신간을 讀者들이 購買한 뒤 읽지 못해도
시간은 늘 지나간다
콧노래를 흥얼거리며 現在 出版社가 신간을 제작하는 중에도
쉼 없이 시간은 지나갔고
의자에 앉아 編輯長이 또 다른 신간을 企劃할 생각도 없이
넋을 놓고 앉아있어도 時間은 마구 지나갔다
맡은 일에 나름 열중했어도 시간은 그럭저럭 지나갔으며
일은 하지 않고 빈둥거렸어도 그들 다수의 時間은 빠르게 지나간다
창가에 턱을 괸 채로 그대를 기다려도 시간은 흘러갔고
그대를 기다리지 않아도 時間은 무심히 흐르고 있다
그러다 무수한 新刊 속에서 길을 잃은 사람처럼
어느 날 그는 동네 서점에서 받아와 벽에 건「시간이 없어 신간이
없다」는
신간 홍보용으로 대량 제작돼 무상배포 된
새책이 그려진 달력을 손에 쥔 채 그 부분을 오려내고 싶었다

요즘도 毛 氏는 「時間이 없어 新刊企劃」을 전혀 할 수 없다는
두툼한 책을 사놓고 읽지 못한다
生은 여전히 시간에 쫓기는 것 같다
아니 新刊 書籍을 펴내겠다는 企劃力과 읽으려는 마음이 부족한 건
아닐까

痛症

어제 만난 무뚝뚝한 사내 왼쪽 귀
사내와 함께 온 상냥한 계집 오른쪽 귀도 썰었다
사내가 품에 안고 온 애완견 검정 털
계집이 안고 온 고양이 목털도 잘게 썰었다
감정이 전혀 드러나지 않는 무표정한 얼굴로
어제 만난 사내와 다섯 명의 계집들
노랑 고양이와 검정색 애완견을
오래 된 도마 위에 차례대로 올려놓고 칼질했다
그는 기억이 지워지기 전
그가 접한 모든 것들을 썬다고 한다
칼을 들고 사내는 어슷썰기로 썰었다
도마 위에서 탁탁 시간을 잘게 또는 길게 썰고 있다
칼 들고 싸울 일 없다는 듯
통증을 감춘 채 칼질을 무심히 한다

혁신적인 눈빛제조에 관해

물에 빠진 사람 눈빛은 눈빛이 아니다
불구덩이에 갇힌 사람 눈빛도
눈
빛
이
아
니
다
눈빛이 아니다 물에 빠진 사람 눈빛과
불구덩이에 갇힌 사람 눈빛은 눈빛이 아니다
푸른 강물과 붉은 불길 사이
검푸른 강물엔 눈빛이 없고
검붉은 불길에도 눈빛은 없다
강물엔 눈빛의 재료가 없고
불길에도 눈빛을 만들 수 있는 재료가 없어
부드러운
눈
빛
도
거칠게 누군가를 몰아치는 눈빛도
제조할 수가 없다
어찌해야할까 새롭고 참신한 제조 방법은 없는 걸까

개. 고. 금. 밥

여자가 밥을 주지 않았다
개밥.
남자가 밥을 주지 않았다
고양이 밥.
여자가 밥을 주지 않았다
금붕어 밥.
사흘 동안 밥을 주지 않았다
나흘에서 닷새 엿새 열흘 동안 밥을 주지 않았다
여자와 남자는 앞으로 그것들에게
밥을 줄 일이 없다
개밥과. 고양이 밥. 금붕어 밥.
살아서 움직이지 않는 그것들에게
이제 밥을 줄 일이 없다
오늘도 남자는 밥을 주지 않았다
여자도 오늘 밥을 주지 않았다
열흘 전처럼 밥을 주지 않았다
앞으로는 쭈욱 그것들에게
밥을 줄 일이 그 둘에겐 없다
개와. 고양이. 금붕어가. 갑자기 죽은 까닭에
밥그릇이 아주 깨끗하다
하지만 네 마음은 허전하다.

닭발이다

닭발이다. 닭발이 아니다. 닭발이라고 생각했다.

닭발인가. 닭발이 아닌가 하는. 갈등 속에서.

닭발이라고. 결론을 내렸다.

족발인가. 족발이 아니다. 족발이라고 생각했다.

족발인가. 족발이 아닌가 하는. 갈등 속에서.

족발이라고. 결론을 내렸다.

개발인가. 개발이 아니다. 개발이라고 생각했다.

개발인가. 개발이 아닌가 하는. 갈등 속에서.

개발이라고. 결론을 내렸다.

하지만 닭발이다. 족발이다. 개발이라고.

확정짓지 못한. 몇 몇 다른 사안들로 인해. 갈등 중이다.

갈등을 풀 방법은. 어디 없는 걸까.

울다가. 웃다. 속으로 되뇌어봤다. 닭발이라고.

狂人

중얼거렸다. 그 누구도. 모르는 것처럼. 그는 ㅈㅇ거렸다.

쉬지 않고. 중얼.중얼.ㅈㅇ.ㅈㅇ.중얼.중얼.ㅈㅇ.ㅈㅇ.중얼.중얼.

하지만. 그가 중얼거리는 걸. 모르는 이는 없다.

그 근처에서. 그가 ㅈㅇ거리는. 소리를 듣지 않은 이 없다.

중얼거리는 소리를. 주변인들이 모른다고.

그 자신만. 그렇게 알고. 그는 중얼거리고 있는 것 같다.

그는 전에도. 작업장 부근에서. ㅈㅇ거렸고. 지금도 중얼중얼.

앞으로도 ㅈㅇㅈㅇ. 중. 중얼. ㅈㅈ. 중얼거릴 것이다. 쉼 없이.

그의 내면 깊은 곳을. 나는 들여다보고 싶지 않다.

백발의 그가. 오늘도 붉은 꽃잎 진 곳에서. ㅈㅇㅈㅇ 중이다.

자신의 집이 어디인지도. 그는 모르는 것 같다.

간단한 화장

네 엉덩이에 조각난 거울 조각 꽂아놓고
눈 화장을 했다
네 허벅지에 깨진 거울 조각 꽂아놓고
자주색 립스틱을 칠했다
네 어깨에 거울 두 조각을 꽂아놓고
금귀고리를 왼쪽 귀에 걸었다
네 정강이에 거울 세 조각을 꽂아놓고
다이아몬드 목걸이를 걸었다
네 발등에 금이 간 유리 조각을 꽂아놓고
왼쪽 발목에 발걸이를 했다
그 누구도 말릴 수 없다
그를 향한 네 뜨거운 애모는

念願

낭창거린다. 낭창거리고 있다. 있었다. 여린 갈대에 올라타.
낭창거리고. 싶었다.
팔랑거린다. 팔랑거리고 있다. 있었다. 나비 등 위에 올라타.
팔랑거리고 싶었다.
하늘거린다. 하늘거리고 있다. 있었다. 저 하늘거리에 올라.
파랗고 노랗게 하늘거리고 싶었다.
있다. 있었다. 싶다. 싶었다. 있다. 있었다. 싶다. 싶었다.
있다. 있었다. 싶다. 싶었다. 있다. 있었다. 싶다. 싶었다.
낭창거린다. 팔랑거린다. 하늘거린다.
있다. 있었다. 싶다. 싶었다. 그들 가슴속에서.

김환기

점이다. 점에서. 직선이 되었다. 곡선이 된.

지평선이다. 먼 수평선이다.

선이다. 선에서. 점. 점. 점. 점. 점으로

다시. 점. 점. 점. 점. 점. 점. 점. 점. 점.

하나의 점에서. 둘. 셋. 넷. 다섯. 여섯. 일곱 개, 점으로.

무한확장 돼. 나가는 점. 점. 점. 점. 점. 점. 점.

점과. 선을. 번갈아 바라보다.

나는. 직선에서. 곡선이 됐고.

먼 지평선과. 멍멍한 수평선이 됐다.

그러다. 점. 점. 점. 점. 찡한 점이 됐다.

내 안에. 나 자신이 찍은. 점으로 인해.

갑자기. 나는. 아주 작은 점이 됐다.

점이 된 나를. 지평선으로. 바꿀 순 없는 걸까.

점이 된 나 자신을. 수평선으로. 둔갑시킬 순 없는 걸까.

나와. 무관하지 않았던. 이 공간과. 저 공간 사이에서.

나는 널을 뛰듯이. 훌쩍 날아오른다.

점과. 선. 사이에서. 점도. 아닌. 선도 아닌.

네 눈에. 다르게 보였던.

현재의. 내가. 아닌. 본래의 나로. 공간과 공간을 빙빙 도는.

저 회오리바람을 뚫고서라도 나갈 것이다.

거침없이 나간다. 화폭을 찢고 나간다.

*김환기(1913-1974):서양화가 전남신안 출생 대표작으로「무제」의 여러 작품이 있다.

심쿵

내 안에서 네가 낙하하고 있다
내 안에서 별이 낙하하고 있다
내 안에서 달이 낙하하고 있다
내 안에서 떨어지고 있는 너
내 안에서 떨어지고 있는 별
내 안에서 떨어지고 있는 달을 바라보다

너와 별 그리고 떨어지는 달을 향해
내 안에서 나도 수직으로 곤두박질이다

수취인불명

우표를 붙여도. 네 파란 눈과.
노란 입술은.
우표를 붙여도. 네 두 귀와.
오뚝한 귀는.
우표를 붙여도. 네 두 다리와.
실한 엉덩이는.
우표를 붙여도. 네 두 팔과.
튼튼한 허리는.
우표를 붙여도. 네 빛나는 이마와.
다섯 개 발가락은.
그 누구도. 우편물을 받아줄. 사람이 없다.
그곳은 빈집이다.

잉꼬

혓바닥에. 잉꼬 부리를 올려놓고. 부리를 씹었다.
혓바닥에. 잉꼬 발가락을 올려놓고. 발가락도.
혓바닥에. 잉꼬 눈알을 올려놓고. 눈알을 씹었다.
혓바닥에. 잉꼬 깃털을 올려놓고. 깃털도.
혓바닥에. 잉꼬 울음을 올려놓고. 울음을 삼켰다.
삶은. 부리와. 발가락. 눈알과. 깃털도. 모두 내놓고.
저마다에게. 생은. 순간순간. 울음을. 삼키게 한다.

문드러졌다

복숭아와
붉은 사과
자두
포도
토마토가 문드러졌다
여름 민소매 아래 짓무른 살처럼
시간은 오장육부도 물러지게 한다
너는 납작 엎드려 살았고
나도 그렇게 살아갈 것이다
문드러질 때까지

탐조여행

여관방에서 짐을 풀었다. 쌌다.
몇 시쯤 됐을까
자정이 넘은 시간이다.
침대 위에서. 엎치락뒤치락.
짐을 풀었다. 다시 쌌다.
아니 생각을 풀었다. 쌌다.
아니 잠을 풀었다. 다시 쌌고.
또다시 잠을 풀었다. 쌌다.
몇 번을 반복했는지. 잘 모르겠다.
창이 환하게 밝아온다.
새들 지저귀는 소리. 멀리서 들리는 것 같다.
이젠 배낭을 꾸려야겠다.

추억

너는. 네 안에. 붉은 사자 등이 있다.
너는. 네 안에. 기이한 가면이 있다.
너는. 네 안에. 삼각형 눈물이 있다.
너는. 네 안에. 흐느끼는 강이 있다.
너는. 네 안에. 찢어진 붕대가 있다.
너는. 네 안에. 장난감 도시가 있다.
너는. 네 안에 .그리운 서점이 있다.
너는. 네 안에. 오류동 골목이 있다.
너는. 네 안에. 진주역 레일이 있다.
너는. 네 안에서. 그것들을 만난다.
어제도. 오늘도. 앞으로도. 그럴 것이다.

오피스텔

달아났다. 달아나고 있다. 지하철 옆에 그려진 붉은 등.
달아났다. 달아나고 있다. 네 안에 숨어 있던 늙은 여자.
달아났다. 달아나고 있다. 버스 안에서 덜컹거리던 사내.
달아났다. 달아나고 있다. 저기 저 하늘에 뜬 낮달이.
달아났다. 달아나고 있다. 가로등 옆 오래된 전신주들.
달아났다. 달아나고 있다. 달력 안에 그려진 바이올린.
달아났다. 달아나고 있다. 책장 앞에 서 있는 젊은 여자.
나도 달아나고 싶다. 이곳에서 벗어나. 먼 곳으로 가고 싶다.

뒷모습

새벽이 왔다. 새벽이 지나가고. 오전이 왔다. 오전이 지나갔나니.
오후가 왔다. 오후가 지나가고. 밤이 왔다. 밤 시간이 지나갔나니.
너에겐 내일이 있고. 모레가 있고. 모레가 있어. 글피와 빛이 있다.
그에겐 내일이 있고. 모레가 있고. 모레가 있어. 글피와 빛이 있다.
새벽 시간이 끝났다. 오전 시간이 끝났다. 오후 시간이 끝이 났다.
이제 밤이다. 밤 시간이. 너와 그에게 아주 느리게. 다가오고 있다.
시간들을. 끊어낼 수 없고. 떠나보낼 수도 없는. 너와 그에게 시간.
가벼운. 혹은 무겁게. 사이렌 소리처럼. 네 몸에 감기는. 밤 시간들.
그 틈을 비집고. 무언가. 곧 태어날 것만 같은. 내일 다음은 모레다

괴이한 다섯 문장

무엇일까 무엇이지. 지루한 그것은 무엇이었을까.

무엇일까 무엇이지.

지겨운 그것은. 무엇이었을까.

무엇일까. 무엇이지. 괴이한 그것은.

무엇일까. 무엇이지. 섬뜩한 그것은 무엇이었을까.

무엇일까. 무엇이지.

게으른. 그것은 무엇이었을까.

무엇일까. 무엇이지. 사나운 그것은.

무엇일까. 무엇이지. 영리한 그것은 무엇이었을까.

무엇일까. 무엇이지.

달콤한. 그것은 무엇이었을까.

무엇일까. 무엇이지. 따뜻한 그것은.

무엇일까. 무엇이지. 부재한 그것은 무엇이었을까.

무엇일까. 무엇이지.

실재한. 그곳은 무엇이었을까.

무엇일까. 무엇이지. 기뻤던 그 장소는.

무엇일까. 무엇이지. 경직된 그 시간은 무엇이었을까.

나는 지금도 무엇이 무엇인지. 무엇이었을 까가 뭔지.

그것들을 바라보고 느끼면서도. 무엇일까 멍하다.

실체가 무엇인지에 대해. 결론을 내리지 못한 채.

깊은 궁리에 빠져있다.

앙리 마티스

나는. 나 자신을 믿지 않는다.
나는. 나를 믿을 수 없다.
나는. 내 그림이 뿜어내는 냄새를
감별 할 수가 없다.
나는 나 자신이. 뱉어낸 그림에 대해 믿음이 없다.
나는 나 자신을. 끝까지 믿을 수 없다.
나는 나의 그림이 보여주는
이런저런 색깔을 믿지 않는다.
나는 내 붓질의 울림이 귀에 꽂히는
소리들을 부인하지 않을 수 없다.
허망한 그것들은 늘 그렇다.
단 한순간도 믿지 않았으며
앞으로도 또한 그럴 것이다.
내겐 그 어떤 냄새도
콧속으로 들어오지 않는다,
그 어떤 색깔도. 눈에 들어와 맺히지 않는다.
그 어떤 소리도. 귀에 들어와 꽂히지 않는다.
그림은 내게 너무나도 불안한
어떤 행위였고 삶 그 자체였다.
순간순간 지워야 할 대상이다
오늘도 나는 침대 위에서 잠을 이루지 못한 채
내 안에 들어온 그림들을 잔인하게 죽인다.

*앙리 마티스(1869-1954): 프랑스의 화가 대표작으로 「알제리아의 여인」 외
 여러 작품이 있다.

어떤 사내

머리뼈 안에서 휘파람 소리
頭蓋骨 안에서 모래폭풍

그것들이 네 머리뼈를 뚫고 지나갔다
그 소리들은 돌아오지 않는다
한 번 지나간 건 되돌릴 수 없다
그렇게 그는 그곳에 骸骨로 남았다
4000년 전 일이다

멸종

파랑 줄무늬가 있다 빨강 줄무늬가 있다
노랑 줄무늬가 있다
하
양
줄무늬가 있다
초록 줄무늬가 있다 검정 줄무늬가 있다
파란 줄무늬가 없다
빨
간
줄무늬가 없다
노란 줄무늬가 없다 하양 줄무늬가 없다
초록 줄무늬가 없다
검
은
줄무늬가 없다
무늬가 없다 무늬가 없다 무늬가 없었다
파랑색이 없다 파랑색이 없다 없었다
빨강색이 없다
빨
강
색
이
없다 없었다
초록색이 없다 초록색이 없다 없었다
검정색이 없다 검정색이 없다 없었다
없다 그곳에 지금 그것들은 없다 사라졌다

미소포니아

WWWWWWWWWWWWWWWWW

CCCCCCCCCCCCCCCCCCCC

ㅗㅗㅗㅗㅗㅗㅗㅗㅗㅗㅗ

VVVVVVVVVVVVVVVV

ㅓㅓㅓㅓㅓㅓㅓㅓㅓㅓㅓㅓㅓㅓㅓ

vvvvvvvvvvvvvv

bbbbbbbbbbbbbbbbbbbbbbb

ㅌㅌㅌㅌㅌㅌㅌㅌㅌㅌㅌㅌㅌㅌ

bbbbbbbbbbbbbbbbb

ㅠㅠㅠㅠㅠㅠㅠㅠㅠㅠㅠㅠ

ㅉㅉㅉㅉㅉㅉㅉㅉㅉㅉ

qqqqqqqqqqqqqqqqqqqqqqqqqqqq

ㅁㅁㅁㅁㅁㅁㅁㅁㅁㅁㅁㅁ

*미소포니아(Misophonia):특정한 소리에 지나치게 예민하게 반응하는
증상을 이르는 말로 청각과민증이라 불린다.

장수풍뎅이의 꿈

네 꿈은 몸이 탱크처럼 투박하고
몸 전체가 검정색인 장수풍뎅이의 삶과 지혜를 닮는 것
그러나 너는 주유소 부근이나 가로등 불빛 아래 몰려드는
풍뎅이를 어떻게 사랑해야 하는지를
잘
모
르
고
있
다

그러다 강렬한 전등 빛이 장창처럼 유리창을 찌르고 들어올 때
불빛에 와장창
창
이
깨
질
것
만
같
아
늦은 밤 가로등 옆 변두리 주유소에서
15톤 트럭에 경유를 주유하다 순간적으로 비명을 지를 것 같았다

알바를 마친 뒤 저녁식사 후 줄넘기를 들고 하나 둘 줄을 넘었다

그러다 너 자신도 의식하지 못한 상태에서
불빛 아래 날아드는
장
수
풍
뎅
이
들
을 응시하다
찰나에 풍뎅이 안으로 네가 빨려들어 간 것 같았다

그래 너는 순식간에 네 몸을 벗고
풍
뎅
이
가 되었다
저 숲에서 풍뎅이를 낳아 키운 것도 아니건만 무슨 이유인지 전혀
모른 채
너는 졸지에 장수풍뎅이로 옷을 갈아입듯이 재빠르게 네 몸을 변신

셋 넷 다섯 여섯 일곱 줄넘기로 줄을 넘다 말고
풍
뎅
이
의

삶

과

꿈

에 대해 천천히 알아보기로 했다
그렇게 급작스럽게 변신 주유기 주변을 빙빙 날아다니며

휘

황

한

빛을 가르며 생각했다
불빛이 주유소 김 씨 빨강 모자 위에 내리 꽂힐 때
조금은 을씨년스럽다는 생각이 들기도 했다

하지만 주저 없이 풍뎅이로 날고 있다
그 꿈이 무엇인지 장수풍뎅이가 이루려고 하는

꿈

의

동

선

을

지금 이 시간부터 너는 쫓아가기로 한다
빛나는 꿈을 이루게 될 그 날 그 자리에서 풍뎅이를 만나기 위해

너는 하늘을 거침없이 날고 있다

파블로 피카소

새가 되어 ㄴㄹ. 너를 보기 위해 ㅅㄱ 됐다. 허공이 되어서 너를 봤다.
너를 바라보기 위해 ㅎㄱ이 됐다. 그러다 무한허공에서 네가 튀어 나왔다.
허공을 채우기 위해 ㄴㄹ ㅁㄷ. 너를 만난 뒤, ㅎㄱ을 가득 채우게 됐다.
새는 어디에 있는 걸까. 네 안에서 날갯짓 하는 ㅅㄹ. 어느 흐린 날 만났다.
허공은 어디에 있는 걸까. ㅎㄱ에서 허우적거리는 널. 매우 맑은 날 만났다.
너는 한 마리 ㅅㄷ. 너를 봤다. 너는 허공이다. 너를 만났던 기억이 내겐 있다.
너는 허공이다. 너는 ㅎㄱ 그 자체인 걸까. 너는 ㅅㄷ. 너는 새 그 자체인 걸까.
허공이 된 네가. 저 먼 곳에서 ㅎㄱ을 뚫고 걸어온다. 너는 무한허공 그 자체다.
ㅅㄱ 어느 순간 왔다. 허공을 찢으며 날고 있다. 네 안에서 새가 ㅍㄷㄷㄷ.
너를 만난. 그 ㅅㄱㄷㅇ 충분했다. ㅅㄹ 만난. 그 시간들도 충분했다고 생각한다.
아니 너를 만난 시간들은 부족했다. 충분한 것과. 충분하지 않은. 그 차이는 뭘까.
그 무엇인가에 대해 뭘까. 자주 뒤돌아봤다. 궁금했다 푸르른 너의 청색 허공에.
한 마리 ㅅㄱ. 다른 한 마리. 또 다른 새들을 만나. 무리를 지어 퍼덕이는 것처럼.
너의 허공에 대해. ㅎㄱ 하나가. 다른 허공을 만나. 또 다른 ㅎㄱ을. 이룬 것같이
허공에 대고. 청색이라고 쓴다. 너와 나 그와 그들이 만나기 위한. ㅎㄱ에 대해서.
너의 새에 대해. 한 마리 ㅅㄱ. 다른 한 마리 새를. 만난 것처럼 청색을 떠올린다.
몽마르트에서 파란 ㅅㄹ 봤다. 언덕에서 ㅎㄱ을 봤다. 파랗고 불그스름한 언덕을.

*파블로 피카소(1881-1973): 스페인 출생 파리에서 활동한 화가 대표작으로 「게르니카」 외
  수많은 작품이 있다.